TABLE DES MATIÈRES

ENQUÊTES VÉNITIENNES - 3

LA ROSELIERE

DE TESSERA

de

Pierre **LEGRAND**

et

Claudine **CAMBIER**

Roman policier historique

ISBN : 978-2-930804-46-0

Illustrations : Composition originale et sculpture (Nicolò Aurelio, d'après un portrait de Titien) : Claudine CAMBIER.
Photos : Claudine CAMBIER

Courriel: contact@cinquecento.be

AVERTISSEMENT

La plupart des situations et des personnages évoqués dans cet ouvrage sont historiques.

Un certain regard sur la vérité historique fait apparaître une vérité romanesque, généralement considérée comme une fiction, mais qui n'est qu'une sublimation du possible.

1 : LA PATROUILLE DE LA GIUDECCA

Une aube sale se levait sur la lagune de Venise. C'était l'heure où, d'un pas mal assuré, les derniers fêtards reprenaient le chemin de leur demeure et les vendeurs des *beccarie*, celui de leurs étals. Les vigiles de la nuit, leur service accompli, se rassemblaient dans les barques et se hâtaient de rejoindre le palais des Doges, où quelque fonctionnaire à demi-endormi leur ferait signer le rapport. NDS : *Niente da segnalare,* c'étaient les lettres qu'ils espéraient tous tracer sur la page ouverte du registre, après quoi ils pouvaient se ruer sur le pot de vin chaud à la cannelle. Mais ce matin, les choses s'annonçaient plus compliquées, pour la patrouille de la Giudecca.

On était à la fin de l'été et un *jugo* soufflant depuis une semaine avait apporté les nuages et la pluie. Le vent s'était calmé dans la nuit, mais avait soulevé une houle de sud qui battait les quais, apportait l'*acqua alta* et jetait sur la limite sud de la ville d'innombrables alluvions accumulées depuis Chioggia : bois flottés, restes de végétaux, carcasses de bateaux et de bêtes, tentes ou voiles arrachées. Cela formait par endroits une couche épaisse et mouvante que les rames brassaient et soulevaient en tourbillons minuscules. Et par-dessus tout cela, le brouillard était tombé, épais, presque palpable. Les hommes avaient enfoncé leur bonnet jusqu'aux sourcils, la tête dans le large col de leur manteau. Mais quand un des nageurs jeta un cri, ils levèrent tous le front et virent la forme claire qui avait touché la barque. On se signa avant de se précipiter aux espars le long du plat bord.

– *Santa Madonna*, encore un ! murmura la voix d'un rameur.

Venise, en ce siècle, seizième depuis la naissance du Christ, était une des villes les plus peuplées d'Europe. Outre sa population autochtone, la grande cité commerciale et maritime recevait des marchands, marins, pèlerins de tout poil. Nombreux étaient les étrangers qui attendaient dans l'oisiveté quelque convoi de marchandises, quelque embarcation pour le Levant. Cela en faisait du monde à loger, à occuper, et aussi pas mal d'argent à soutirer de l'oiseau de passage, lequel, loin de son nid, avait tendance à se relâcher et devenait une proie facile pour toutes sortes de commerces interlopes. Venise aux cent églises ne cultivait pas toujours la vertu. Et les vigiles de la nuit, tout en rêvant d'écrire « NDS » dans le registre, savaient bien qu'en saison de transhumance intense, les nuits vénitiennes n'étaient pas calmes.

Évidemment, on était encore en été. Les quais, les entrepôts et l'arsenal étaient en pleine activité, avant le retour prochain de la mauvaise saison. La plupart des Levantins, gens d'au-delà des mers, Turcs et non Chrétiens, se préparaient à rembarquer, avec leurs habits étranges, leurs esclaves et leurs mœurs particulières. Mais cela n'était évidemment pas une donnée mathématique qui pût expliquer la découverte de ce matin. Il restait bien assez de chrétiens et même de Vénitiens pour fréquenter les tavernes et les églises où l'on trouvait les courtisanes à cinq *soldi*, ou les *casini* de luxe, maisons cossues où des jeunes femmes, belles et cultivées comme des princesses, recevaient des ambassadeurs et des prélats. Nombreux étaient ceux qui, grâce au sacrement de pénitence, s'offraient de temps en temps ou même régulièrement des petits gitons échappant ainsi à la misère. Mais quel être assez dépravé couronnait sa jouissance par un meurtre ? Celui-là œuvrait ainsi tristement depuis plusieurs mois, car on en retrouvait sporadiquement, de ces cadavres d'enfants d'une dizaine d'années, que les courants, la marée ou le jugo renvoyait sur les berges des îles, et l'on frémissait à l'idée de ceux que la bora poussait vers le large.

Deux hommes repêchèrent le petit corps, on se pencha sur lui. Il était nu, des marques bleues autour du cou. Et quand on le retourna, on comprit bien pourquoi il avait été étranglé.

– Il n'y a pas bien longtemps qu'il est dans l'eau, *Capo*, remarqua quelqu'un.

– Santa Madonna répétait tristement le chef des *sbirri* en se signant une seconde fois.

2 : L'ANALYSE DE MOSCA

La silhouette qui s'encadra dans la porte était celle d'un petit homme noir, noir d'habits, noir de poil, et de gros yeux noirs roulaient dans ses orbites. Il plia sa courte échine en prononçant quelques mots d'excuse.

– Mosca, que vous arrive-t-il ? dit Aurelio plein de surprise.

– Ah, Seigneur Chancelier, triste saison !

Mosca avait à son répertoire quelques mises en bouche qui annonçaient le menu principal. De toute évidence, ce ne serait pas un menu de fête.

– Asseyez-vous et contez-moi ça, dit Aurelio.

Aussitôt Mosca ferma la porte, tira le rideau, et s'assit l'air accablé.

Aurelio et Mosca étaient d'anciennes connaissances, le maître et l'élève, on pourrait dire d'anciens complices. Lorsqu'il était jeune, Mosca aurait fait un excellent tire-laine, proxénète ou joueur de couteau. Mais Aurelio l'avait fait tomber du bon côté. Ainsi, après avoir été chassé, était-il devenu chasseur, ce qui procédait du même talent. Mosca avait gardé le geste court, la riposte efficace et le regard mobile de ses gros yeux noirs, saillants comme ceux de l'insecte dont il portait le nom. Entré dans le corps des sbires, il avait conquis la confiance d'Aurelio du temps où celui-ci, secrétaire des Dix chargé d'une mission délicate sur la *terraferma*, l'avait pris dans son escorte. Aurelio devenu Grand Chancelier le protégeait encore. Et récemment, Mosca avait été le bras droit de son protecteur dans une enquête secrète commandée par les Inquisiteurs d'État. C'est à l'issue de cette enquête, menée avec succès, qu'Aurelio avait obtenu pour son protégé le poste de chef des *sbirri*. Il s'était acquis en Mosca un allié indéfectible, un client au sens romain, un fidèle, au sens religieux.

Le chef des sbirri, entre autres talents, avait celui du comédien mais exagérait volontiers ses effets. Il s'effondra sur la chaise, crispa les muscles de son visage comme s'il allait pleurer, joignit les mains en levant les yeux au ciel. Aurelio attendait patiemment la révélation.

– Santa Madonna ! s'exclama le sbire. Encore un, ce matin!

– Un quoi, *per Bacco* ?

– Un cadavre d'enfant repêché dans la lagune. Le vent l'avait poussé ce matin parmi des algues, au sud de la Giudecca.

Aurelio accusa le coup. On avait, le mois dernier, exécuté un pauvre d'esprit habitant une cahute sur les rivages de Mazzorbo et l'on pensait avoir ainsi clôturé cette affaire navrante. Ainsi, le benêt était mort pour rien et le monstre courait toujours.

– Une méchante affaire, Excellence, commentait Mosca. Avec la guerre, les combats, les violences, les réfugiés, il en flotte des choses, dans la lagune… que c'est une pitié.

– Sans doute. L'avez-vous reconnu ?

– Totalement inconnu. Mort par étranglement. Un beau gosse.

– Per Bacco, qui sont ces victimes et d'où viennent-elles ? s'exclama Aurelio pour lui-même.

– Voilà qui est impossible à dire, Excellence, répond le sbire avec véhémence, ouvrant soudain les bras. La plupart avaient séjourné dans la vase, sans vêtements, sans signes particuliers, hormis cette ligne bleue au cou et des marques de sodomie.

Aurelio coupa court au geste qui s'amorçait.

– Mais enfin, des familles doivent s'inquiéter…

Aurelio s'est interrompu, parce que cette fois, Mosca le regardait d'un air grave, sans effet de théâtre :

– VOUS vous inquiéteriez, Excellence. Pensez à un paysan de la terraferma, qui aurait perdu son bétail, ses récoltes et peut-être un membre de sa famille… Le garçon s'en va chercher fortune à Venise… S'il n'écrit pas, c'est qu'il ne sait pas écrire ; d'ailleurs, qui portera la lettre, et qui saura la lire ? … S'il ne revient pas, c'est qu'il est bien ou qu'il a été pris en chemin et engagé dans une troupe… Le pays n'est pas sûr… Sur la terraferma, c'est le chaos, vous le savez bien.

– Cela revient-il à dire, Mosca, que ces enfants ne viennent pas de Venise ?

– C'est une supposition raisonnable.

– Et ne contrôlons-nous pas ceux qui traversent ?

– Si fait. Tous les sauf-conduits reçoivent le cachet de nos services. Mais…

Mosca changeait de position sur son siège. C'était signe qu'il allait se lancer dans une explication élaborée.

– Sachez que la plupart de ces petits corps ont séjourné dans les eaux. Je suis allé questionner le Sage des eaux, car il connaît, lui, les courants de la lagune ; il sait à quels endroits les courants des rivières se mêlent aux eaux saumâtres ; par où vient le flux des marées qui contrarie le flux des cours d'eau. Il existe des flux de surface, qui n'ont rien à voir avec les flux de profondeur, et si les marées sont régulières, les vents ne le sont pas. En conclusion, nos cadavres peuvent fort bien provenir de Mazzorbo ou de Chioggia, du Lido, ou de Mestre ou même de Padoue, emportés par une rivière depuis un endroit loin en amont de la côte.

Mosca plantait ses yeux de mouche dans le regard impassible du Chancelier.

– Ce n'est point une raison pour ne point s'alarmer, prononça Aurelio.

– Certes. Mais après avoir entendu le *Savio alle acque*, j'ai rencontré sur le chemin du retour un mien ami. Il était rameur de premier rang sur une des galères revenues de l'expédition désastreuse de Ferrare. Et apprenez à votre tour un détail qui n'avait pas retenu l'attention des militaires. Ils avaient autre chose à se reprocher. Nos galères remontaient le Pô ; elles arrivaient à Porto Viro où on voulait établir cette tête de pont qui nous coûta tant d'hommes. Ceux de la manœuvre chargés de crocher pour s'amarrer en ont ramené un. Quand le maître d'équipage a voulu l'enrouler dans une voile et le mettre dans la cale pour le soumettre aux *sbirri*, le capitaine, le *sopracomito* Antonio Justini, est intervenu et l'a fait rejeter à l'eau, sous prétexte qu'il n'y avait pas de temps à perdre pour aller s'établir sur la rive droite. Ce n'était pas un geste de chrétien et les quelques uns qui sont revenus vivants de la bataille ont murmuré que le désastre de l'expédition de Ferrare était une punition de Dieu pour ce geste odieux.

– Ferrare, murmura Aurelio. Il y a un an de cela. Combien depuis ?

– Celui-ci est le quatrième, mais cela ne veut rien dire, Excellence. Car laissez-moi poursuivre : mon ami était premier de nage ; il a vu retirer le garçon de l'eau. Il avait –j'allais dire « comme d'habitude »– au cou, une trace de corde et là, (cette fois, il acheva le geste qu'Aurelio préféra ignorer) des traces de viol ; enfin, à la cheville, une corde nouée et pourrie : on avait dû y attacher une pierre, vous comprenez ? Les premiers avaient une corde au pied, le dernier n'en avait plus. On peut en conclure que l'assassin prend moins de précautions ou qu'il est pressé. C'est généralement le cas, quand on prend des habitudes.

Aurelio absorba une à une les données de cette analyse. Selon ce qu'il venait d'entendre, il était sans doute inutile de renforcer les contrôles à la traversée vers Venise. Si les enfants n'étaient pas introduits dans la ville, on relèverait en vain les noms de ceux qui passaient. Restaient les embarcations privées autorisées à circuler librement. Mais les grands noms de ces gens-là transformaient considérablement le problème. Toutefois, il garda pour lui cette dernière pensée, soupira et se contenta de dire :

– Je vois, Mosca, que vous suivez l'affaire avec votre diligence habituelle. Je remettrai donc cette affaire à l'ordre du jour du Conseil des Dix. Il se repentira d'avoir expédié l'innocent de Mazzorbo. Je ne puis que vous exhorter à rencontrer vos collègues de la terraferma, dans la mesure où vous réussissez à les joindre ou dans la mesure où ils existent encore. Que voulez-vous, le chaos engendre le chaos.

Sur le visage d'Aurelio, Mosca lisait maintenant la lassitude. Le mot aimable venait combler son besoin d'approbation et l'assertion générale son respect pour l'élévation d'esprit de son supérieur. Celui-ci venait de le congédier avec sa courtoisie habituelle lorsqu'il lança, comme s'il avait oublié une chose essentielle :

– Et aucune dénonciation anonyme dans la *Bocca della Verità* ?

– Pas la moindre, répondit Mosca. Du moins, à ce sujet.

3 : L'AFFAIRE DE MARANO

Tous les matins, Nicolò Aurelio, Grand Chancelier de la République de Venise, se rendait à pied au Palais des Doges. Au sommet de l'escalier de marbre qui menait aux étages, il bifurquait à droite vers l'aile de l'administration et traversait d'un pas lent la salle des scribes. Il aimait imprimer à son arrivée du matin le caractère solennel d'une procession précédant l'ouverture d'un office. Aussi, dès son entrée, les conversations, les murmures se taisaient. Le regard pénétrant de ses yeux gris parcourait lentement les rangées d'écritoires. Il passait la revue, semblait-il ; il notait, approuvait souvent, quelquefois fronçait un sourcil ou adressait un mot aimable à celui dont il avait appris un événement familial, répondait d'un hochement de tête élégant aux saluts profonds des *nodari*, puis s'attardait au premier pupitre où, d'une voix bien timbrée, il souhaitait le bonjour à Ser Cartelloni, son secrétaire particulier. Ce rite du matin avait quelque chose de majestueux, imposant, vénérable. Il s'y obligeait pour forger l'esprit qu'il voulait faire régner à la haute chancellerie : ses nodari entraient au service de l'État comme on entre en religion, non pour Dieu, mais pour le Bien commun et la moindre écriture portait ainsi son poids de sacré.

D'ailleurs, son bureau de Chancelier avait le dépouillement d'une cellule de moine. Une fenêtre modeste donnait sur la cour intérieure du palais ; le seul luxe en étaient des lambris de chêne pour concentrer la chaleur d'un petit foyer ainsi qu'une lourde tenture pouvant occulter la porte. Une grande table en occupait presque toute la largeur ; une chaise et son fauteuil aux accotoirs élimés en formaient l'unique mobilier. Seul un coffre logé dans l'épaisseur du mur se devinait parmi les lambris.

Ce matin-là, après une entrée habituelle, Nicolò Aurelio, ayant fermé sa porte, alla s'asseoir derrière son bureau de chancelier et s'immobilisa, le temps de se vider l'esprit. C'était un exercice qu'il pratiquait de plus en plus souvent, ces derniers mois et il s'était pris à comprendre les moines qui se tiennent à distance du monde, encore que leur état ne les mette pas non plus à l'abri de la tempête des émotions et des sens. En fait, la cloison qu'il élevait depuis toujours entre son travail et ses mondes intérieurs n'était plus tout à fait étanche et l'image de Laura la traversait sans vergogne à n'importe quel moment de la journée. Cela gêne la concentration, rend le travail moins efficace et met en danger la clarté de jugement, pensait-il. Il ricana intérieurement en songeant à la pantomime qu'il venait de jouer parmi les écritoires et qu'il lui semblait jouer en permanence dans son auguste fonction. De plus en plus, il devait prendre sur lui, monter la garde au seuil de ses pensées, veiller.

Dans un effort, il mobilisa ses énergies vers la tâche principale de ce matin : préparer les dossiers à traiter au Conseil des Dix, les étudier tant soit peu pour pouvoir les résumer, mettre en exergue les grandes lignes sur lesquelles appuyer un jugement. Il avança la main vers le premier de la pile que Ser Cartelloni lui avait préparée. Marano : une affaire claire, facile, où fleurissait la traîtrise, la corruption, la subornation, et qui déboucherait sans aucun doute sur une peine de mort en forme de vengeance populaire. Ce serait féroce. On avait raison de penser qu'une guerre engendre en tous sens toutes sortes de débordements. Ne faisait-on pas circuler à Venise le bruit que les Autrichiens, dans le Frioul, coupaient les pouces et crevaient les yeux des paysans insoumis ? Et ce Bartolo da Mortegliano, qui passait en ce moment les dernières heures de sa vie dans les *pozzi,* ces affreuses prisons d'État au ras de l'eau, allait faire les frais de la colère du peuple.

En effet, ce prêtre, qui avait plus de visions politiques que spirituelles, s'était fait l'ami du Podestat de la place de Marano, et en avait obtenu les clés un soir, sous prétexte d'aller à la chasse. Puis il était allé aussitôt faire signe aux Autrichiens qui s'étaient rués dans la citadelle. Le traître avait été capturé un peu plus tard à Portogruaro, où il s'apprêtait à faire de même. Le Conseil des Dix n'aurait plus qu'à statuer sur la façon de l'expédier.

Aurelio tournait les pages du dossier que lui avait envoyé le notaire de la Quarantie criminelle. Bartolo da Mortegliano s'y trouvait étalé déjà comme un condamné sur la roue, dépecé comme sur l'étal d'un boucher : son passé, sa famille, ses maîtresses, ses amis, les faits criminels dont il s'était rendu coupable, les témoignages… Aux dates, il ne manquait que celle de sa mort et la manière dont on le ferait mourir. Il était évident que ce serait atroce.

– Bien ! soupira Aurelio, avant de s'étonner de la présence d'une suite inattendue au rapport.

Il fronça le sourcil sur le nom qui apparaissait : « Vincenzo Castagna », et plongea dans ce personnage son œil de légiste. Au bout d'un temps, il avança la main vers la clochette qui fit apparaître Ser Cartelloni.

– Appelez-moi le notaire Girolamo Dedo, je vous prie.

L'homme devait venir des bureaux de la Quarantie criminelle et se présenta un peu plus tard. Il était de taille moyenne, le poil noir, l'œil mobile.

– Prenez place, Messer Dedo, dit le Chancelier en indiquant la chaise. Je suis désolé d'interrompre votre ouvrage, mais j'aurais besoin d'un éclaircissement sur un point du rapport que vous m'adressez pour que je le soumette au Conseil des Dix. Il s'agit du dossier de Marano.

Aurelio l'avait senti se raidir, son œil devenir méfiant tandis qu'il s'asseyait sur le bord du siège.

– Vous me parlez, poursuivit le Chancelier, d'un Vincenzo Castagna, petit-neveu du traître. Certes, il a le tort d'être de sa famille, mais croyez-vous que cette tare suffise à le citer comme complice ?

Girolamo Dedo ne pratiquait pas quotidiennement Nicolò Aurelio. Il avait entendu dans les mots employés et le ton grave une sorte d'ironie froide qui le chatouillait d'autant plus que le Chancelier venait de mettre le doigt sur le nid de guêpe qui se trouvait dissimulé dans le dossier.

– Avez-vous fait une enquête criminelle concernant ce Castagna ?

– Excellence, répondit Dedo en levant le menton, cela n'est pas nécessaire. Un traître n'agit jamais seul. Il trouve ses complices parmi ses proches.

Aurelio savait bien que la République, depuis toujours, décourageait la traîtrise en rendant la famille du coupable partie prenante de l'acte criminel, les liens familiaux, en Italie, étant souvent plus forts que les liens civiques.

– Certes, Messer Dedo, mais selon ce principe, on décimerait des familles entières. D'ailleurs, si je l'applique… Je lui ai vu aussi un frère, dans votre rapport. Me suis-je trompé ?

Pendant qu'Aurelio tournait les pages pour remonter à la source, Dedo observait avec attention le Chancelier. Le notaire attendait une question claire avant d'avancer une réponse, pas ces sortes d'insinuations. Mais Aurelio levait sur lui ses yeux gris et dit sur un ton neutre :

– Le fermier du Frioul est-il moins intéressant que le chaudronnier de Mestre ?

Dedo fit une grimace qui allongea un coin de sa bouche vers le bas, puis il redevint impassible.

– Il n'y a rien à dire sur un fermier du Frioul, Excellence. Il habite une masure et cultive son champ, si ce n'est celui d'autrui.

– En effet, le chaudronnier de Mestre semble plus intéressant.

Aurelio avait laissé partir la réplique avec la célérité d'une gifle, mais avait gardé le ton neutre tout en replongeant dans les pages du rapport, faisant mine de relire ce qu'il savait déjà par cœur.

– Il possède sa maison, résuma-t-il calmement tout en tournant les pages, il possède aussi une terre du côté de Tessera. Tessera… répéta-t-il songeur. N'est-ce pas de ce côté qu'existent des salines et une propriété de Pietro Lando, votre parent ?

– C'est exact, et Ser Lando est actuellement Capo du Conseil des Dix, compléta Dedo d'un ton fielleux.

Aurelio referma le rapport, posa le document devant lui, s'immobilisa, les deux mains à plat sur la couverture, l'œil de glace.

– Messer Dedo, vous savez comme moi que le rôle de l'administration n'est pas de décider quoi que ce soit, mais de fournir les éléments de décision à ceux qui ont cette charge. C'est pourquoi, dans une affaire criminelle autant que politique, il importe que nous nous en tenions aux faits. En omettre ou en ajouter, c'est pousser ceux qui ont le devoir de juger vers une mauvaise décision. Voilà ce que votre père, le Grand Chancelier Giovanni, a dû vous apprendre. Si vous pensez que nous pouvons avoir des soupçons sur ce petit-neveu d'un criminel, pensez aussi qu'on pourrait trouver des preuves de son honnêteté.

Il laissa passer un moment avant de conclure, le plus simplement du monde :

– Je demanderai une enquête à ma police et vous ferai parvenir ses conclusions. Bien entendu, vous demeurerez l'auteur du rapport... Corrigé, ajouta-t-il avec amabilité, et un geste signifiant l'évidence.

Puis il ajouta, avec une grimace désabusée :

– Oh, notez bien que cela n'empêchera pas le Conseil des Dix de condamner cet homme, s'il se trouve parmi ces messieurs quelques uns qui estiment vos affirmations plus convaincantes que mes scrupules. Mais nous aurons seulement mieux accompli notre devoir. Merci, Messer Dedo.

Aurelio ne se donna pas la peine de regarder la coulée de haine dont l'enveloppa Girolamo Dedo. La cloison entre devoir et passions n'avait pas chez tout le monde la même étanchéité, et la sienne venait de voler en éclats, car Laura, la belle courtisane, était venue faire irruption dans ses pensées, avec le drame de sa jeunesse et les reproches qu'elle serait en droit de lui faire de n'avoir pas pu arrêter, au milieu du bouleversement général, une justice expéditive.

Laura, la fille du condamné de Padoue. Laura, la belle courtisane qui avait fasciné le Chancelier dès le premier instant. Laura qui avait vaincu sa résistance, qu'il était allée visiter, qui s'était laissée prendre sans se donner, qu'il avait prise avec emportement et qui continuait à lui manger la cervelle et le cœur.

Au moment où il tendait la main vers la pile de dossiers qui décidément ne diminuait pas, des coups

frappés à la porte balayèrent aussitôt l'image de
Laura..

4 : UN ENFANT DE LA LAGUNE

Vincenzo Castagna, chaudronnier à Mestre, avait eu un fils que l'on disait envoyé par Dieu. De tous ses enfants, il était le premier à avoir dépassé l'âge de trois ans. Les autres étaient morts à la naissance ou en bas âge. Fantìn avait porté chance : il avait entraîné dans sa volonté de survivre un frère qui naquit cinq ans plus tard et marqua un point final aux travaux géniteurs du chaudronnier et de sa femme. Vif, précoce, le garçon fut à sept ans confié au curé de Mestre qui lui apprit volontiers les répons en latin et l'alphabet. Lorsque l'enfant était saturé de latin, il s'enfuyait dans la campagne où son père possédait de famille un joli lopin de terre situé à Tessera, juste en-deçà du canal et des salins. Cette terre comprenait aussi une petite maison louée à un fermier et Fantìn trouvait assez de prétextes pour s'en aller par les champs s'occuper à la ferme mais surtout se plonger dans la nature sauvage.

Il longeait le canal, surprenait les loutres, faisait jaillir des broussailles des gerbes de grenouilles qui plongeaient en feu d'artifice, faisant scintiller à la surface de l'eau mille auréoles de lumière. Il surveillait les couvées de colverts et de sarcelles, comptait les saules, savait auxquels monter pour apercevoir les salines et humer le vent de mer, connaissait les arbres creux et leurs cachettes possibles, détectait les nids dans les arbres, guettait l'éclosion des œufs. Puis un jour, poussant toujours plus loin ses investigations, il traversa le pont de bois qui enjambait le canal des salins, s'enfonça dans un bouquet d'arbres et se trouva au bord de la lagune.

Il demeura longtemps fasciné par l'immensité sauvage, l'espace infini apparemment vide et silencieux. Le miroitement de la lumière sur l'eau grise dessinait à perte de vue des arabesques contournant par endroits des îlots sombres de roseaux, se perdant dans la brume lointaine d'où émergeait, fantomatique, la silhouette d'un clocher. Il écouta le murmure du vent, le rythme du ressac, tendit encore l'oreille. Des bancs de roseaux montait un bruissement plus dense, un friselis de feuillages froissés semblable à celui du vent dans les arbres, mais plus ténu, plus secret. Il perçut enfin, parmi ce crépitement qui se muait parfois en une rumeur constante, la note plus aiguë, plus aigre d'une foulque, le clabaudage d'oiseaux de mer, le susurrement d'un vol de bécasseaux ou l'appel d'un courlis.

Dès lors, le jeune garçon ne rêva plus que d'aller surprendre les créatures vivantes qui hantent ces lieux de mystère et eut une idée. Dans le bosquet, il rassembla un tronc d'arbre, deux branches relevées en leur extrémité, et une planche trouvée dans l'atelier de son père. Il relia transversalement chacune des deux branches au tronc, prenant bien soin de diriger vers le haut leur extrémité fourchue. Il stabilisait ainsi son esquif et s'assurait deux crochets pouvant supporter un sac de victuailles, des collets et sa besace de chasseur. La planche ferait une pagaie très efficace.

Ce fut à dater de ce jour que Fantìn devint un génie des eaux. Son univers était la lagune et le silence. Mais un silence peuplé des mille frémissement de l'air, car il s'aperçut bien vite que la surface de l'eau transportait la moindre vibration à son oreille exercée. Et chaque jour il aiguisait ses sens, percevait à présent les remous de tout ce qui s'agite sous l'eau, les sauts des carpes, les embardées des mulets mangeurs de moustiques, l'effervescence des nids de civelles. Il confectionna collets et filets et même une petite arbalète pour prendre au piège toute la vie grouillante des roselières. À cheval sur son tronc d'arbre, il glissait sur les hauts fonds, se faufilait dans la jungle minuscule, imitait le héron, parfaitement immobile et l'œil aux aguets, copiait le butor couleur d'herbe morte, ne négligeait pas de plonger dans l'eau saumâtre lorsqu'il apercevait une sole endormie.

Après ses randonnées, il tirait sur la berge son radeau de fortune qui reprenait alors sa nature dérisoire de branche morte tombée lors de quelque tempête. En fait, il s'était pris de passion pour ces expéditions dans ces espaces sans limites de propriété. Tout cela avait l'apparence et la saveur incomparable de la clandestinité ; il était un chat, un rat, un esprit malin capable de savoir ce que nul autre ne savait, capable de déjouer des ruses, de posséder ce qui se dérobe. De plus, comme les produits de sa chasse enrichissait la table familiale, son père le laissait faire et même le félicitait. Ne connaissait-il pas ses prières ? Le curé de Mestre avait-il à se plaindre de son latin ?

Cependant, il approchait de ses douze ans, et il était temps de songer à l'avenir. L'enfant apprenait bien, mais ne marquait aucun goût pour la chaudronnerie. Bah, plaida le prêtre, cet enfant étudie bien, vous en avez un autre dont on fera un bon artisan. Soit. Mais Vincenzo Castagna, qui avait un fils parlant le latin, n'allait pas faire de celui-ci un pêcheur à pied ni à tronc d'arbre ! Ce fut le curé qui, comme toujours, apporta son conseil. Fantìn aimait dessiner poissons, oiseaux, créatures furtives de la lagune, ses semblables. Un jour, le curé le surprit à faire le portrait de son frère, sans doute pour l'offrir à sa mère. Aussitôt le bon prêtre, qui rêvait d'un retable pour son église, y vit le visage d'un ange et frémit de joie à l'idée d'un chef d'œuvre généré par l'une de ses ouailles, choisies entre toutes. Il conseilla donc à Vincenzo Castagna de confier Fantìn à Maestro Cima, qui retournait tous les étés travailler dans son atelier de Conegliano et dont il avait fait la connaissance lors d'un passage à Mestre.

Souple de corps, Fantìn était aussi d'un caractère malléable. Il accepta volontiers ce nouvel établissement et fit son paquet pour Conegliano. Durant plusieurs années, il suivit Maestro Cima dans ses déplacements, à Parme, Bologne, passait l'été à Conegliano mais revenait à Mestre pour les moissons et la chasse. Il était à Conegliano, en 1508, lorsque le territoire de la République de Venise, vaincue à Agnadello, connut l'invasion française par le Milanais, autrichienne par le Frioul, tous pointant leurs canons sur la lagune. Cette année-là, il n'y eut ni moissons, ni parties de chasse. Sur la terraferma, on compta des îlots de résistance, quelques reconquêtes, comme à Padoue.

En décembre 1511, alors âgé de seize ans, Fantìn reçut une lettre écrite par sa mère : « Reviens vite, le malheur est sur nous : ton père a été arrêté par les gardes vénitiens. »

Fantìn Castagna était à Trévise lorsqu'il reçut la lettre. Il sauta dans une charrette de paysan qui se rendait à Mestre et trouva la pauvre femme effondrée devant le foyer éteint. Il écouta son récit hoqueté entre deux sanglots. Dans les villes de la côte, surpeuplées de réfugiés, il en avait entendu, des récits de massacres, comme celui de Peschiera, où la garnison qui avait résisté avait été massacrée ; des histoires de lâcheté, comme celle de Brescia, où les bourgeois avaient démonté les portes de la ville pour les offrir aux envahisseurs ; des exemples de désertion, de traîtrises... Le monde s'était écroulé après la défaite d'Agnadello et continuait de se détruire, comme un mur qui s'effrite après la chute d'une voute. À Tessera, la chaudronnerie désertée, les champs ruinés, ce n'était là que le sort commun. Mais le père emmené par un sergent de ville et ses sbires, il ne pouvait s'agir que d'une erreur, un ordre mal compris.

La pauvre mère était si troublée que Fantìn mit un temps à comprendre qu'après l'arrestation du père, elle avait eu la visite de Ugo Angustia. Angustia, le collecteur d'impôts, était un personnage visqueux à tête de batracien, qui savait tout des habitants des villages, de leurs activités, de leurs affaires, de leurs biens. Comme une araignée, il tissait une toile dont il était seul à connaître les fils. Travaillait-il pour son seul bénéfice ou était-il dirigé par une main cachée ? Ce qui était certain, c'est qu'aucun procès contre lui n'avait jamais été conclu au bénéfice du plaignant. Sans en avoir la preuve formelle, on le disait à la solde du propriétaire des salines, Pietro Lando. Ce patricien habitait à Venise et on ne savait rien de lui, hormis qu'il occupait régulièrement de hautes fonctions d'État. Mais on ne l'avait jamais vu au pays. C'était une sorte d'être abstrait, éloigné et puissant. Ugo Angustia était infiniment plus présent, venimeux et redoutable. Lui, on le connaissait. On l'appelait *il rospo*, le crapaud.

– *Màre*, vous avez donc eu la visite du rospo. Que vous a-t-il dit ?

– Il m'a proposé son aide pour faire revenir Vincenzo.

– À quel prix ?

Car les services du rospo avaient toujours un prix.

– Que j'accepte de lui vendre 10 ducats la terre de Tessera ! Imagines-tu, Fantìn, que ton père, qu'on a arrêté par erreur, revienne et apprenne que je lui ai vendu sa terre !

Elle s'indignait, tandis que Fantìn se mettait à réfléchir. Cette terre de Tessera, on en avait déjà parlé. Ce n'était pas la première offre que faisait le rospo. Tout le monde savait qu'elle valait le double de ce qu'il avait proposé. Mais c'était du temps où elle produisait un bon blé et où le père était là pour refuser de la vendre. À présent qu'elle était ravagée, que valait-elle, en regard du retour du père ? Pauvre *Màre* et pauvre de nous. C'était évidemment un coup du rospo. Et résister au rospo, c'était comme empêcher l'eau de remonter les canaux. Fantìn se sentit gagné à son tour d'une rage impuissante.

– Que dit le podestat ?

– Je ne l'ai point vu.

– Que dit le curé ?

– Que Dieu me viendra en aide.

Quand on a besoin d'eux, le podestat est toujours absent, et Dieu compatissant. Fantìn promit donc son aide à lui, encore qu'il se sentît bien démuni. Mais revoir son fils jeune et rempli de ressources calma les angoisses de la pauvre mère et elle s'en alla allumer le feu à la cuisine.

Le lendemain, Fantìn se rendit à la maison du Podestat, mais des gardes lui dirent que l'heure de l'audience était passée, que le monde se pressait à la porte du notable et qu'il devait tenter sa chance les jours suivants. Il s'en revint donc à la chaudronnerie faire un état du travail en cours, avec l'intention d'achever tant bien que mal quelques commandes. Devant les outils abandonnés et le foyer éteint, il se sentit envahi d'un grand découragement. Alors, il emporta ses collets, ses filets et son arbalète, traversa les champs dévastés, le petit pont sur le canal, atteignit le bouquet d'arbres, retrouva intacts, au pied du saule creux, son radeau et sa planche, les rassembla et s'en fut vers la roselière.

5 : LES VOIX DE LA ROSELIÈRE

Fantìn s'y enfonça avec délices. Là, le temps et le reste du monde n'existaient plus et il entrait dans une autre vie. Il rejoignit le canal sinueux, assez large, porté par l'eau glauque qui dérivait doucement et, dans un tournant du boyau, trouva l'entrée, camouflée par un éboulis de cannes, du couloir étroit qu'il avait défriché autrefois et qui conduisait à sa clairière. Le silence du lieu rassérénait ses pensées. Il se détendait l'esprit pour mieux supporter à son retour les craintes de sa mère, les yeux angoissés de son jeune frère, ses propres appréhensions. Lentement, avec des gestes précis, il posait ses appâts lorsqu'il lui sembla percevoir un son grave qui n'était ni le cri de la tadorne ni celui de l'oiseau chevalier. Cela ressemblait plus à une voix humaine et cela se rapprochait, entrecoupé de silences. Mais bientôt les silences se remplirent d'une autre voix, plus sourde. Fantìn tendit l'oreille. Il était évident que deux hommes approchaient. Trouveraient-ils l'entrée du canal ? Il évalua qu'ils étaient environ à cent brasses, dans une barque menée par un seul rameur qui alternait la parole et les coups de rame. Il entendait à son souffle que son effort sur les rames était modéré : la barque devait se trouver dans le courant, s'engagerait donc dans le canal. Fantìn eut un frisson délicieux de plaisir et d'angoisse. Cela se rapprochait encore. Fantìn entendit nettement ce que disait une voix impérieuse :

– Es-tu sûr de l'avoir vu de ce côté, ce maudit héron ?

– Faisons le tour de cette *barena*, Excellence, répondait le voix du rameur.

Fantìn sursauta, car il comprit d'un coup plusieurs choses : la première, c'est qu'approchait un équipage de chasseurs comprenant un homme considérable accompagné de son rameur, sans doute son garde-chasse ; la seconde, c'est que ces hommes étaient attirés en cet endroit par la même chose que lui : cette roselière était le territoire de chasse du héron. Et si le jeune homme embusqué y manifestait sa présence, il pourrait être pris, au mieux pour un braconnier, au pire, pour le héron qu'ils cherchaient à tuer, ou, pire encore, pour un espion ; la troisième et la plus angoissante, c'est que la voix du rameur, coassante et râpeuse, ressemblait étrangement à une voix qu'il connaissait.

Il venait de faire ces réflexions lorsque retentit le coup de feu. Fantìn eut une pensée intense pour sa mère : la pauvre femme n'a pas mérité de perdre aussi son fils aîné. Mais cette pensée se prolongeait et l'envahissait encore lorsqu'une grêle de parcelles métalliques s'abattit en crépitant parmi les roseaux, lui piquetant les épaules, lui griffant les mains. Son cœur battait la chamade. Il entendit les exclamations enthousiastes des deux hommes, le bruit des rames frappant l'eau, le bruit mat d'un corps mou jeté au fond de la barque.

– Beau coup, votre Excellence, et bel oiseau.

– C'est ma période de chance, Ugo.

Dans le brouillard de son émoi, Fantìn avait entendu prononcer le nom. Il tendit l'oreille avec une attention accrue car il s'agissait bien du rospo.

– Les astres me sont favorables, poursuivait la voix forte de l'Excellence. Il est vrai que cette affaire de Marano est tombée à point nommé. As-tu parlé à la femme Castagna ?

– Elle semble persuadée que l'arrestation de son époux est une erreur, qu'il reviendra et que l'on discutera de cela à son retour.

– Elle est sotte, en vérité. Cette terre, que ce *terrone* me refuse depuis deux ans malgré le prix que je lui en offrais, finira par m'appartenir et pour rien. Castagna y aura perdu la vie, c'est tout. Aussi, je ne vais pas tarder à empierrer le chemin qui va de la ferme à la saline. Et je vais commander les madriers du pont.

– Ce serait une bonne chose pour nous, Excellence, cela éviterait à vos charrettes de faire un grand détour et de payer le droit au pont de Noghera. Mais prenez garde, car les choses se compliquent. On continue à enquêter, ce qui n'arrange point nos affaires.

– Je sais, Ugo, je sais. Mais sois sans crainte : cet empoisonneur d'Aurelio ne trouvera rien et je possède l'homme qu'il me faut pour bien conclure l'affaire. Fais les comptes de mes travaux sans te soucier du reste. Ce Castagna sera pendu jeudi à l'aube, ses biens confisqués et vendus aux enchères, comme de coutume pour un cas de trahison. Et crois-moi, personne ne sera là pour surenchérir. Ce n'est qu'un pauvre lopin de terre, après tout.

Dans sa muraille de roseaux, Fantìn était à présent tout à fait lucide. Il avait parfaitement entendu son nom, ou celui de son père. Tous sens en éveil, la respiration en suspens, il captait encore les paroles qui s'éloignaient :

– Et veille surtout à traiter avec plus de prudence les paquets que je t'envoie.

– Je redoublerai de soin, Excellence, soyez-en sûr.

– J'y compte bien. Ne m'oblige pas à ôter la ville de Mestre de ta juridiction.

Suivaient une série de paroles prononcées d'un ton humble par la voix coassante et râpeuse du rospo, et enfin, l'explosion à plein gosier de la voix impérieuse de son maître :

– Bon, et maintenant, où sont-elles, ces sarcelles que tu m'avais promises ?

Fantìn ne s'endormit pas vite, cette nuit-là. Il commença par remercier le ciel de l'avoir mis en présence de ces deux personnages honnis et d'avoir pu surprendre une partie de leur conversation. Comment croire de telles vilenies ? Comment s'en ouvrir à sa mère déjà bien éprouvée ? Ne ferait-il pas mieux de se rendre immédiatement à Venise, secourir son père, trouver le Grand Chancelier, se jeter aux pieds du Doge ? Hélas, en cette période de guerre, il fallait obtenir un laisser-passer pour traverser la lagune et il était impensable qu'il y allât à cheval sur son tronc d'arbre ; et puis d'ailleurs, il se ferait prendre. La rage au cœur, l'esprit en ébullition, il partagea son temps entre des attentes interminables et vaines au palais du Podestat, puis au bureau des douanes, où les commis, submergés de demandes, languissaient à plaisir. Il voyait approcher le jeudi avec une sorte de terreur mêlée de curiosité malsaine. Tantôt révolté, tantôt abattu, il revenait bredouille de Mestre, travaillait quelques heures dans l'atelier de chaudronnerie, puis il allait retrouver un peu de calme dans les coins secrets de la roselière. En fait, plus le temps passait, plus il avait hâte d'être à jeudi.

6 : DES JEUNES GENS DE PADOUE

À vingt-quatre ans, Paolo Scarfati pouvait dire que sa jeunesse avait soudain tourné court.

Et pourtant, jusqu'en 1509, tout lui avait souri. Son père était un riche drapier de Padoue, qui, sans l'enchaîner dès son plus jeune âge à l'entreprise familiale, l'avait encouragé dans son goût pour les arts. Paolo peignait admirablement. Toutefois, quand le vieil homme fut élu au poste de chef de la guilde des marchands, il réalisa que son fils pouvait envisager une carrière honorable dans l'administration de la cité, à condition d'étudier la philosophie et le droit romain. Celui qui l'encouragea dans cette idée fut son voisin du quai Sant'Agostino, Bertuccio Bagarotto, lui-même grammairien et professeur de droit à l'université, un humaniste qui possédait une fille dont Paolo était vaguement amoureux.

La fille du professeur promettait d'être belle. Vive, audacieuse, bonne cavalière, Laura ne se confinait pas à la maison comme les fillettes de son âge. On disait que son père l'éduquait et l'instruisait comme le fils qu'il n'avait pas eu et lorsqu'elle quittait ses livres, elle retrouvait son ami Paolo sur le pont Sant'Agostino pour partager les jeux de l'adolescent, sur les vieux murs de Padoue ou au bord des eaux miroitantes de la rivière. Mais les Bagarotto ne destinaient pas leur fille au fils d'un drapier. L'enfance de Laura prit fin le jour de ses quatorze ans, quand on lui annonça qu'elle était promise à Francesco Borromeo, et qu'elle entrerait ainsi dans la noblesse padouane.

Plus de rencontres sur le pont Sant'Agostino. Paolo prit le chemin de l'université. C'était le prix à payer pour vivre dans son temps car on n'échappe pas à son siècle. D'ailleurs, ce fut bien ce siècle splendide, capable de générer des histoires de conquêtes autant que de larmes et de sang, qui fit tourner court leur jeunesse à tous deux.

Le Pape Jules II, plus guerrier que pape, ne pouvait supporter de voir la république de Venise s'étendre sur la terre ferme. Mais comme il n'avait pas d'armée, il avait fait appel aux princes d'Europe et transforma pour cinquante ans l'Italie en champ de bataille. En 1509, Padoue était occupée par les troupes de Maximilien d'Autriche. Les bourgeois organisèrent la survie aux côtés de l'occupant, la noblesse vit là le moment de reprendre le pouvoir, l'université d'affirmer son indépendance. Il est vrai que la République, réduite à sa lagune, semblait bien moribonde. Elle se réveilla cependant, un jour de juillet de la même année. Dans un coup de main bien organisé, le Provéditeur André Gritti et sa troupe cachée sous une charrette de foin franchit les portes de la ville, fracassa celles de l'université, siège de toutes les ébullitions, massacra sur-le-champ les agités, pendit les agitateurs et emprisonna les administrateurs pour les pendre calmement et publiquement plus tard. Le drapier mourut enchaîné aux galères, Laura assista au supplice de son père et de son mari, Paolo Scarfati ne dut la vie qu'à la profondeur d'un placard d'où il s'était échappé pendant la nuit pour aller voir brûler sa maison et se réfugier à Venise où il s'engagea comme apprenti dans l'atelier de Maestro Bellini.

Pour arrondir son pécule, il faisait un travail sans gloire, se prêtait à la mode des portraits au pied levé parmi le public des tavernes, croquait des scènes de rue, peignait des courtisanes en tenues aguicheuses, des scènes érotiques qui se vendaient sous le manteau plus cher que les portraits des petits chiens des dames de la noblesse. On aimait ces peintures à quatre soldi et dans le milieu des peintres où l'on se jalouse et se méprise volontiers, on l'appelait le *pittore di cani*. Bellini se désolait de voir son jeune protégé gaspiller ainsi son talent, mais le vieux maître était patient. En somme, se disait-il, Paolo avait des plaies à panser, se faisait la main. Un jour, il se réveillerait.

Il se réveilla en effet, le jour où, appelé dans la maison de courtisanes de luxe tenue par Anna Cortina pour faire le portrait de la nouvelle recrue à exposer au salon, il se trouva devant Laura Bagarotto. Le malheur assourdit les grandes émotions. Il lui avait suffi d'entendre un tremblement dans la voix de la jeune femme lorsqu'elle prononça son nom. Mais ce fut d'une voix froide qu'elle lui dit « ils ont pendu mon père et Francesco. Ils nous ont confisqué nos biens, jetées à la rue. Mère est morte de froid la première nuit. Un soldat m'a emmenée comme butin de guerre et m'a vendue au casìn. Je n'ai pas eu le choix. »

Paolo Scarfati avait empoigné ses pinceaux et plongé dans son âme pour faire taire sa révolte. Il avait trempé son pinceau dans son cœur, dans son sang, et il en sortit ce jour-là un chef d'œuvre. Mais le portrait achevé, il n'avait plus dans les veines que du fiel et se fit la promesse de machiner n'importe quelle intrigue, d'utiliser n'importe quel moyen, de mettre le diable à son service pour sortir Laura de la condition où elle se trouvait enfermée et la voir un jour réhabilitée avec éclat.

7 : UNE INCANTATION

Le mercredi, Fantìn était allé à l'église et avait communié. Le jeudi, il fit de même. Ce fut à la fin de la matinée qu'apparut la troupe : un sergent de gardes accompagné d'un notaire des Quaranties criminelles à écharpe rouge et bonnet brodé du lion ailé. Les deux hommes à cheval étaient entourés d'une poignée de soldats à pied et en armes. Il y eut des cris, une bousculade de voisins accourus, l'appel des occupants de la maison, la lecture de l'acte d'accusation. Vincenzo Castagna, neveu du traître avéré Bartolo da Mortegliano était reconnu coupable de complicité de crime de haute trahison envers l'État. Vincenzo Castagna avait été exécuté ce matin même sur la piazzetta de Venise, ses biens étaient confisqués et mis à l'encan, selon la loi de la République. Il fallait sur l'heure libérer la maison.

L'inconnu à écharpe rouge, après avoir débité son texte d'une voix glacée, fit deux pas en arrière et se changea en statue de marbre tandis que les autres s'avançaient d'un pas contraint. Fantìn, qui avait eu le temps d'imaginer cet instant, écouta sans broncher, sa mère et son jeune frère, incrédules, accrochées à ses bras.

– Fantìn, qu'allons-nous faire ? implorait la femme, vieillie soudainement.

– Nos paquets, *Màre*. Il est inutile de résister.

Fantìn se rendit dans l'atelier du chaudronnier, y prit une brouette, entassa quelques outils, passa dans la maison, rassembla quelques vivres et tout ce que la mère et l'enfant, dans leur affolement, avaient empoigné au hasard et qui pouvait tenir en équilibre sur le chargement.

Une heure plus tard, leur groupe pathétique et lent s'éloignait sur la route du village de Mestre.

– Où allons-nous, mon fils ?

– J'ai déjà parlé à mon parrain Antonio, le *galeotto*. Sa maison est petite, nous nous serrerons. En été, il est en mer. Il suffira de passer l'hiver, ensuite, nous verrons.

Fantìn, comme les rats de la lagune, comme ses oiseaux, comme les cigales, était capable de faire le mort en cas de danger. On eût dit que son sang s'immobilisait dans ses veines, que son cœur se figeait comme du reste son visage. Aucune activité de surface mais un volcan rugissait dans les profondeurs et son cerveau crépitait comme du métal en fusion.

Ainsi donc, c'était vrai. Ce qu'il avait entendu n'était pas qu'une menace mais le simple énoncé de leur ruine voulue, prévue, organisée, à l'heure près !

Et jaillissaient dans son crâne les phrases répétées d'une incantation :

Tu me payeras ça, Lando et je t'écraserai, Ugo Angustia.

Mais attention à toi, Fantìn. Ton père est mort, ta mère et ton frère ont besoin de toi. Ne va pas mourir comme un imbécile qui se jette sous les pas du cheval. Tu n'es pas un oisillon que l'on gobe en même temps que sa coquille.

Et puis tu prendras ton temps.

Le temps de bien faire les choses. Ils n'auront pas besoin de savoir que leur malheur vient de toi.

Il te suffira de savoir ce que tout le monde ignore.

Fantìn Castagna, puissant et venimeux comme la vipère, comme l'araignée qui mord et que l'on ne retrouve jamais.

Tu me payeras ça, Lando et je t'écraserai, Ugo Angustia.

Dans la semaine qui suivit, Fantìn, s'adressant à son maître Cima, obtenait son laissez-passer pour Venise et une recommandation pour entrer comme apprenti dans l'atelier de Maestro Bellini. À Venise, il serait à pied d'œuvre et il commencerait par Lando.

8 : DES AMANTS

Paolo n'était pas un homme d'éclat. Sa vie était toute intérieure, sa fuite lui avait appris à dissimuler ; il se déplaçait sans bruit, parlait peu, emmagasinait plus qu'il n'exprimait. Ses pensées étaient secrètes comme ses projets.

Quand il revint le lendemain revoir Laura, il se contenta de lui ouvrir les bras et de la recevoir sur sa poitrine. Ses mots lui sortaient des entrailles :

– Laura… Je n'ai jamais cessé de t'aimer et il a fallu tout ce malheur pour arriver à te le dire.

Elle lui répondit à peu près la même chose et c'est ainsi qu'ils se rejoignirent dans un cocon de délices au milieu de leur adversité.

– Si rien ne s'était passé, lui dit-il encore, j'aurais été un assez riche marchand, ou un honnête secrétaire, et te rencontrant, je t'aurais saluée à en balayer la terre de la plume de mon chapeau. Notre

histoire se serait arrêtée là et je ne t'aurais jamais dit
« je t'aime ».

Paolo faisait l'amour en silence ; il était à l'écoute
de ses mondes intérieurs, des frémissements de ses
sens, du désir long, puissant, insistant, qu'il mettait à
l'épreuve, tantôt en le faisant patienter, tantôt en le
libérant mais savourant toujours consciemment
jusqu'au dernier souffle le vent fort qui les emportait
vers les étoiles et les déposait sur les plages infinies
de la béatitude.

Durant les mois qui suivirent leur première
rencontre, les jeunes gens purent se revoir de temps
en temps, quand les finances de Paolo le lui
permettaient. Les courtisanes d'Anna Cortina étaient
chères. Parfois, lorsque Laura recevait des cadeaux,
elle venait en aide à son amant de cœur. Mais il
fallait qu'elle se soumette à la loi du casìn. On lui
avait assez fait comprendre qu'elle était surveillée et
que la moindre tentative de fuite finirait en glissade
dans le canal, par une nuit sans lune, ou pire, dans le
bordello du port où les filles succombaient au mal de
Naples après six mois d'enfer. Ainsi, Laura et Paolo
étaient-ils comme deux naufragés accrochés l'un à
l'autre pour surnager dans la tempête et quand Laura
se désespérait, Paolo lui venait en aide.

– L'homme du peuple que je suis est habitué à
son destin qui est de subir la guerre et d'essayer de
survivre. Mais ceux qui ont fait de Laura Bagarotto
une courtisane, même une *cortegiana onesta*,
devront tôt ou tard payer leur crime. Prenons notre
temps. Toi, tu les reçois dans le relâchement de leurs
plaisirs ; moi, je pénètre dans leurs demeures pour y

peindre leurs chiens, dans le relâchement de leur vie ordinaire. Ils ne savent pas combien toi et moi associés sommes un danger pour eux. Restons attentifs. Je ne cherche pas l'argent, je cherche ma revanche, et je sais à présent que ma vengeance, ce sera toi.

Quand Paolo parlait ainsi, Laura se troublait. Quelle force invisible habitait donc Paolo ? Ce qui était certain, c'est qu'ils survivaient dans l'attente de cette revanche et que leur amour ressemblait à ces arbrisseaux des pays arides qui boivent jusqu'à la moindre goutte la pluie trop rare, ou la rosée saisonnière et s'accrochent, difformes et rabougris, dans le seul but de ne point mourir et d'être seulement capables de nourrir des nids d'insectes venimeux.

Une cortegiana onesta est un peu poétesse, un peu musicienne, un peu artiste. Laura avait connu des peintres : Giorgione, mort de la peste, disait-on, mais assurément mort dans ses bras ; Titien, dont elle était devenue l'amie ; elle leur avait servi de modèle. Elle avait surtout joué la comédie à une réception officielle à l'issue laquelle elle avait dialogué en latin avec le Doge. Il n'en fallait pas plus, dans cette ville endiablée de fêtes où l'on exhibait par centaines les plus belles femmes de la ville, à cette époque de la Renaissance, où la mode était à la littérature antique, aux raffinements poétiques et aux subtilités rhétoriques, pour faire de la courtisane Laura une reine de Venise. Des femmes éprises de belles manières l'admirent dans leurs réceptions. Des hommes considérables s'éprirent d'elle ; le Grand

Chancelier Aurelio faisait secrètement partie de ceux-là.

Mais la fille du pendu de Padoue, tout en cachant soigneusement au monde son identité, attendait son heure.

9 : UN SECRET DE CASÌN

Paolo laissait aller ses pensées après l'amour. C'étaient les seuls moments où son esprit se relâchait un peu. L'état qu'exige l'acte de surveiller était entré dans sa nature ; comme peintre, il captait dès le premier instant les formes, la lumière, les ombres, les couleurs, et jusqu'au fond des êtres ; mais il captait aussi les sons, les souffles, les silences. Avec Laura, il se déployait, s'ouvrait en grand, s'apercevait qu'il captait mieux encore dans le silence et dans son propre relâchement. Il s'imprégnait de l'image de sa bien-aimée, puis s'imaginait aveugle, tous ses sens réunis au creux de ses mains. Aussi, laissant sinuer sa main sur la peau douce de la femme alanguie, il en suivait les reliefs, les creux imperceptibles, percevait le grain de la peau, différent selon la nature de ses couches profondes ; ici, le velouté sur l'épaisseur de la chair, là, la souplesse sous la lourdeur du sein, ou là encore, une texture plus résistante sur la poussée solide de la hanche. Les mains de Paolo sculptait les formes pour mieux les transcrire sur la toile. Il aimait saisir cet endroit si subtil, si difficile à peindre, où la croupe bossue un instant avant de s'étirer en plaine puis de s'élever en collines jumelles séparées d'une gorge profonde.

– Tu frissonnes, dit Paolo.

– J'ai des choses à te dire. Mais nous avions des choses plus importantes à faire et j'ai préféré te les dire après.

– Je t'écoute.

Laura s'approcha de l'oreille de Paolo pour chuchoter :

– Je me suis fait l'amie d'une femme qui s'apprête à quitter le casìn, rachetée par un marchand chypriote. Elle fait ses bagages et c'est moi qui vais occuper son appartement. Elle y passait ses journées à épier, écouter, l'œil vissé au trou de la serrure, le nez collé à la fenêtre sur le rio ou à la fente de la porte, l'oreille sous le manteau de la cheminée où l'on distingue les sons d'un étage à l'autre. Comme elle s'en va, elle n'a que faire des secrets qu'elle a collectés et elle me les a confiés. Un secret de casìn, Paolo, cela fait partie de choses inavouables et cela peut tuer son homme. Cela peut aussi armer une main, si l'on sait s'y prendre avec audace.

– Et tu t'apprêtes à me le dévoiler. Je m'attends au pire.

– Il se passe ici des choses louches connues de la seule Anna. Elle dit, pour expliquer certaines présences, qu'elle fait venir certains de ses neveux de la terraferma, pour les placer ensuite dans des maisons de Venise. Je n'en crois rien. J'ai surpris un jour un jeune adolescent très beau habillé en paysan. Ceux qu'elle fait venir ne sortent pas de son appartement et ils reçoivent des visiteurs. Puis ces enfants partent et on ne les revoit plus. Ils sont emmenés par son commissionnaire habituel.

– Sais-tu qui sont ces visiteurs ?

– Des patriciens. Elle m'en a cité trois : Andrea Zeni, Federico Pesari, Pietro Lando.

L'œil de Paolo était soudain devenu fixe, sa main s'était arrêtée en pleine exploration, il se figeait dans le silence.

– Laura, nous tenons quelque chose, murmura enfin Paolo. Il faut les confondre. À Venise, comme dans les États du Pape, la sodomie est un crime. Tu me diras qu'elle se pratique un peu partout en privé. Mais elle est condamnée publiquement, et pratiquée sur un enfant, elle est punie de mort.

– Encore faut-il rendre la chose publique.

– Retrouver l'enfant, faire en sorte qu'il témoigne.

– On ne sait ce qu'ils deviennent, quand ils partent d'ici.

– La rumeur croit le savoir, princesse. Voici ce que j'ai entendu dire…

Ce n'était pas pour rien que Paolo traînait ses cartons dans les tavernes et se faisait oublier, dans les salons où se retrouvaient des hommes de poids. Maintes fois, il s'était fait la réflexion qu'il tenait entre ses mains la réputation de plus d'un homme occupant de hautes charges. Cependant, il n'était qu'un pittore di cani dont la parole avait autant de consistance que celle des bonimenteurs de la piazzetta. Il savait aussi que des enfants disparaissaient et, comme tout le monde, il mettait cela sur la misère des temps. Et comme tout le monde, il se trompait. Il venait de s'en apercevoir et d'expliquer cela à Laura, qui ouvrait de grands yeux effarés.

– Mon Dieu ! Anna serait une criminelle...

– Peut-être pas ; ni Anna, ni ses clients, ni même peut-être son commissionnaire. Mais il y a assurément, un criminel dans la chaîne, et cela les rend tous coupables et punissables. On m'a cité le cas d'un noble décapité et brûlé pour avoir forcé un jeune garçon. Laisse-moi réfléchir... Construire un piège, mais on ne nous croira pas... Nous mettre à l'abri. Sais-tu que tu m'as donné des noms de gens à la réputation irréprochable ? Sérieux, austères, puissants...

– Tu vas les menacer de divulguer leur vilenie. Je n'aime pas cette méthode.

– Aimes-tu la vie qu'ils t'ont faite ici ?

Comploter la libération de Laura valait bien une infamie et il n'hésiterait pas à répondre à la calomnie qui avait brisé leur jeunesse par une vérité accablante qui briserait leur orgueil d'hommes puissants.

À partir de ce jour, Paolo se mit à construire une stratégie. Il ne se contenta plus d'observer, il se coula dans la tête de ses victimes, dans celle des amis et clients des hommes qu'il voulait atteindre, jusque dans celle du Grand Chancelier dont il supposait les débats intérieurs, jusque dans celle du provéditeur au blasphème, qui veillait tant bien que mal à l'honorabilité de façade que le patriarcat s'efforçait d'offrir au peuple. Comme un joueur d'échecs, il notait les positions, calculait les coups, estimait les réponses, les forces de l'adversaire dont il paralyserait les attaques, ce qui ouvrirait tout grand le couloir jusqu'au but ultime où sa reine viendrait reprendre sa position, sa liberté et toute sa grandeur.

10 : L'HOMME AU SAC

Fantìn s'en fut donc à Venise frapper à la porte de l'atelier de Maestro Bellini. Le vieil homme déplia sa lettre de recommandation, lui posa quelques questions, lui fit réaliser quelques esquisses et, lui mettant paternellement la main sur l'épaule, le confia aux soins de Paolo Scarfati. Comme le vieux maître soupçonnait ce que Paolo et le nouveau venu avaient d'histoire commune, il ne doutait pas que naquît entre eux une amitié complice qui profiterait à leur âme autant qu'à leur peinture.

Il se trompait, mais seulement à demi. Car si Paolo aida son cadet à prendre pied dans la ville, ni l'un ni l'autre ne laissèrent jamais filtrer de leurs propos la moindre parcelle de leurs rancœurs ou de leurs desseins secrets. Ils parlaient de peinture et des mille choses nécessaires à la vie quotidienne. Sur les conseils de Paolo, Fantìn se lança à la découverte de la ville inconnue. L'artiste jeta un œil indifférent sur l'alignement des façades peintes que reflétait l'eau verte des canaux, traversa d'un air distrait de charmants petits ponts sous lesquels les gondoliers passaient en chantant, effleura du regard les monuments tout chargés de sculptures et de divinités, négligea les échappées sublimes sur la lagune où des voiles blanches ou pourpres glissaient lentement dans la lumière du soir. Par contre, il eut vite fait de localiser le palazzo Lando.

Il se mêla au groupe de pigeons et de mendiants qui occupaient les degrés de l'église, de l'autre côté du rio. Durant cet hiver-là, à peine libéré de sa journée de travail chez Bellini, il venait se réchauffer au brasero installé sur l'étroit parvis. Il posait à terre un sac lourd, en sortait une miche de pain qu'il mangeait en silence et ne refusait pas d'échanger un bout de fromage contre une goulée de vin. Il parlait peu et prenait toujours la même place sur les marches de l'église, le nez tourné vers la façade gothique de la ca'Lando. Il faisait l'effet d'un garçon étrange, avare de paroles. Il lui arrivait parfois de se lever au milieu d'une phrase et de s'en aller soudain, emportant son sac. D'autres fois, il s'attardait, et sortait alors de son éternel sac une bûche qu'il posait sur les braises et regardait se consumer d'un air pensif. Deux mois étaient passés depuis son arrivée à Venise. Avec l'apparition des jours moins froids, il y avait moins de monde autour du brasero et on n'allumait plus celui-ci qu'à la nuit tombée. Mais le jeune homme silencieux n'avait pas changé ses habitudes.

À force d'observer les façades des maisons vénitiennes, Fantìn finissait par comprendre leur architecture intérieure. C'était un peu ce que disait son ami et mentor Scarfati, en parlant des visages des gens. Fantìn, en observant les fenêtres la nuit, faisait le même exercice, plus modestement. Dans les palais vénitiens, il y avait les trois fenêtres centrales en ogive : la pièce principale, le *portego*, la pièce de réception. Leur illumination signifiait soir de réception et les gondoles déversaient alors devant l'entrée monumentale illuminée de flambeaux des cortèges d'habits de soie. D'autres soirs, on voyait s'ouvrir le grand portail sur quatre valets porteurs de torchères, précédant le Signore Lando en habit rouge et la Signora, une jeune femme aux cheveux tressés vêtue d'un ample manteau de velours cramoisi aux parements de soie verte. Ces soirs-là, la façade demeurait plongée dans les ténèbres. Les fenêtres latérales, uniques, signifiaient les pièces à vivre : salons intimes, bibliothèques, bureaux. Les soirs où certaine fenêtre latérale était illuminée, Pietro Lando ne sortait pas ; les soirs où cette fenêtre latérale restait sombre, Pietro Lando, vêtu de noir, sortait précédé d'un porteur de lanterne. Il descendait dans sa gondole qui aussitôt glissait en silence sur l'eau noire et disparaissait dans l'obscurité du rio, parmi les murs sortant de l'eau où il n'était plus possible de le suivre. Alors, Fantìn, sans un mot, abandonnait la conversation, se levait en emportant son sac.

On le retrouvait dans le jour pâle du petit matin, son vêtement humide déjà d'avoir parcouru les venelles, exploré l'enchevêtrement des calli, des rii et des ponts. Il reprenait son poste que personne ne lui disputait, posait son sac, en sortait sa miche de pain et semblait retrouver ses rêves de la nuit. Juste avant l'appel de la *marangona*, la cloche qui annonçait le début de la journée de travail, un pêcheur, un maraîcher, un vivandier s'arrêtait devant le palais pour livrer de la marchandise. Alors, Fantìn allait rejoindre son atelier.

Or, ce matin-là, un pêcheur se présenta à une heure beaucoup plus matinale et, au lieu d'appeler, de s'emparer de la corde de la cloche, ce pêchaur se livra à une activité étrange.

11 : L'ACCIDENT.

La nouvelle de l'accident de Domenica Lando tomba au milieu de la matinée en plein Conseil des Dix. Un messager fut autorisé à pénétrer dans le noble hémicycle pour remettre un pli au capo du Conseil. Le Signor Lando s'excusa d'interrompre les débats, déplia le billet et pâlit.

– Signori, il faut que je vous quitte, prononça-t-il d'une voix sourde. Mon épouse est morte ce matin en se rendant à la messe de l'aube. Elle a fait une chute sur la pierre du quai. Un accident stupide.

Quelques uns se signèrent. Antonio Tron, dont on connaissait l'aigreur et le goût de la chicane, murmura d'un ton plus agacé que consterné :

– Mais n'étiez-vous point présent chez vous, en cette heure matinale ?

Lando fronça le sourcil, fit le geste d'écarter la question importune.

– J'avais couché chez... mon frère. Le dîner s'était terminé tard... affaire de famille. Du reste, ma présence n'eût rien empêché.

Chacun sentait la confusion qui envahissait le Capo du Conseil et la comprenait volontiers. Il quitta l'assemblée sous les murmures de sympathie et les silences contraints.

À l'issue de la séance, Nicolò Aurelio trouva sur son chemin Mosca qui l'attendait. Le sbire salua, la mine affairée, comme un oiseleur qui aurait trouvé un inaccessible nid de grives.

– Ainsi, vous savez la nouvelle, Excellence ?

– Assurément.

Mosca, hochant la tête, prononça avec gravité :

– C'est toujours la matin que se conclut la nuit.

– Est-ce une observation générale, Mosca, ou le vers d'un poème ?

– Ah, Seigneur Chancelier, ce pourrait être les deux. Mais la vérité, c'est qu'il nous fallut un bout de temps avant de rejoindre le principal intéressé. Son Excellence le Capo Lando n'était point en son domicile.

– Je le sais, Mosca. Il avait dîné chez son frère pour y discuter affaires de famille.

– Ah, le joli frère en jupon que ce frère-là ! Mais vous plairait-il de savoir les circonstances de ce drame ?

– Puisque vous brûlez de me les dire... Mais je vous précise que je ne suis chargé de rien dans cette affaire ; partant, pour navrante qu'elle soit, elle n'est point de mon ressort.

– C'est que… s'agissant d'un drame dans une famille considérable, elle pourrait toujours le devenir, Excellence.

– Mosca, ne prenez pas vos désirs pour des réalités, soupira Aurelio. Mais enfin, contez-moi. Y a-t-il eu des témoins de ce drame ?

– Des mendiants, sur le parvis de l'église, de l'autre côté du rio, l'ont vue glisser, tomber en arrière, et la servante accourir trop tard pour lui porter secours.

– Venise est une ville dangereuse, Mosca. Il faudrait mettre des rambardes à tous les rii. Beaucoup l'ont déjà proposé, mais la guilde des gondoliers s'y oppose ; cela compliquerait leur travail.

– Point du tout, Excellence. Elle est tombée comme on tomberait à Rome, sur le pierre, la nuque sur l'angle d'une marche.

– Ah ?

Aurelio avait beau jouer les indifférents, il sentait que Mosca avait encore quelque chose dans son sac. Il laissa donc aller le discours, d'autant qu'il fallait bien suivre les longs couloirs tortueux du palais.

– C'est que la Signora Lando ne devait pas se trouver à cet endroit à cette heure-là.

– Bien matinale, il est vrai.

– Alors qu'elle se rend tous les jours à la messe de sexte, pourquoi, ce matin, s'est-elle rendue à celle de l'aube ?

– Allez savoir… On dort parfois mal…

– Point, Excellence. Elle voulait, à sexte, se rendre chez sa mère.

– C'est là ce que vous ont dit les valets de la maison, j'imagine.

– Tout juste.

– Eh bien, voilà une pieuse occupation. Qu'en concluez-vous ?

Mosca poussa un énorme soupir, navré jusqu'au tréfonds de l'âme :

– Que voilà une fin bien injuste pour une personne aussi dévouée à Dieu et au monde pécheur d'ici-bas. Mais voilà…

Il n'y avait rien à ajouter à cette constatation. En conséquence, ils firent quelques pas en silence, le temps de réduire le drame à la dimension d'un fait divers.

– Notez, reprit soudain Mosca, la Signora Lando n'avait pas d'enfant ; le mari jouira de la fortune… On dit qu'il en a grand besoin, après avoir perdu une cargaison de sel au large de Corfou. Après tout, la Signora Lando aura été jusqu'au bout une épouse secourable.

12 : LE BILLET.

Aurelio, qui avait achevé la conversation dans un haussement d'épaules accompagné d'un pieux « amen, Mosca », se trompait. Car l'après-midi même, il était convoqué chez les Inquisiteurs.

Il trouva ceux-ci réunis tous trois, mais en compagnie d'un personnage supplémentaire, ce qui ne laissa pas de l'intriguer. Il faut savoir qu'à Venise, les trois Inquisiteurs d'État formaient une juridiction suprême. Cette juridiction, constituée après la tentative de coup d'État du Doge Falier, avait pour mission de veiller au bon fonctionnement des institutions de la République. Dans un système qui voulait éviter la corruption en faisant tourner les charges, ces magistrats d'une puissance sans égale étaient élus pour un an non reconductible et devenaient inéligibles pour deux ans au sortir de leur mandat. À condition d'être solennellement d'accord entre eux, ils avaient le pouvoir de mettre à mort quiconque mettait gravement en danger l'ordre public. Sages et avancés en âge, les Vénitiens conjuraient la crainte qu'ils leur inspiraient en les appelant les *Babau.*

Les trois Babau en robe écarlate doublée d'hermine étaient assis sur des chaises à haut dossier derrière une table soutenant le crucifix et un exemplaire des Évangiles, accessoires ordinaire des pièces où se communiquent des secrets. Sur fond de mur gris auquel pendait une immense peinture représentant le Christ au Golgotha, ils formaient un ensemble solennel, fait de ténèbres et d'oppression. En face d'eux, le jeune homme debout manifestait une gêne évidente. De taille moyenne, habillé avec goût mais sans luxe particulier, il avait le poil noir et soigné. Aurelio nota son front et son regard fuyants ainsi que ses mains lisses triturant un bonnet de velours. Il ne se souvenait pas de l'avoir jamais rencontré. Ce devait être un messager : l'Inquisiteur Marco Vendramin tenait entre ses mains un billet qu'il examinait avec soin. Le Chancelier salua tout cela d'une inclinaison du buste et d'un large mouvement du bras.

– Messer Chancelier, dit l'Inquisiteur Badoer dans une envolée de ses longues mains, voici Messer Carlo Lando, neveu de Ser Pietro, si durement éprouvé ce matin même.

Nouvelles courbettes. Aurelio nota que le jeune homme avait des manières et répondait avec exactitude à une phrase de circonstance.

– Il nous apporte un billet écrit de la main de feue Donna Domenica, sa tante par alliance, dont il partage le toit à l'intérieur du palazzo Lando. Messer Carlo, veuillez, je vous prie répéter pour notre Chancelier les circonstances que vous venez de nous exposer.

Le bonnet subit une nouvelle torsion dans les mains du jeune homme. Il toussota et partit d'une voix feutrée, un peu hésitante, en usage dans les chambres mortuaires :

– La Signora Lando me glissa ce billet hier à peine, au repas de méridienne. Elle profita d'un instant de distraction de mon oncle pour me le glisser dans les mains. Je la regardai étonné mais elle fit un geste m'imposant le silence. Après le repas, j'emportai le billet dans ma chambre et ce que je lus était si étrange que je crus tout d'abord à une plaisanterie… une plaisanterie d'un goût douteux qui n'était pas tout à fait dans sa manière… Mais, sachant ma tante, un peu fantasque et, comme toutes les femmes, fort influencée par ses lectures et ses imaginations, je n'y portai pas grande importance et me réservai de la questionner plus tard, selon le souhait qu'elle exprimait dans le mot.

Aurelio écoutait, enregistrait. Le billet s'attardait entre les mains de l'Inquisiteur Vendramin, qui semblait lutter contre une mauvaise vue avec des bésicles inadaptées. Le jeune homme, sentant que cela durerait, poursuivit :

– Mon oncle et ma tante m'ont toujours semblé entretenir des rapports sains, respectueux, distants, comme il se doit… Moi-même, en cela, j'imitais mon oncle… Oh, vous pouvez questionner le domestique… Bien sûr, ils avaient parfois des discussions d'intérêt, mais enfin, rien que de normal... Mais si j'avais su... Seigneur Dieu, je ne pouvais pas passer ce mot sous silence, après ce qui est advenu.

Aurelio soupçonna Marco Vendramin de prolonger son examen du billet dans le but délibéré de faire parler le jeune homme. Et en effet, ses dernières phrases s'étaient égrenées comme pour meubler le silence. Enfin, il se détendit, se tut, croisa les bras, attendit dans une sorte de recueillement. Quelques instants muets passèrent encore, qu'Aurelio mit à profit pour observer Carlo Lando. Celui-ci n'exprimait ni douleur excessive ni crainte mais une tranquille consternation, un rien de confusion et une bonne volonté manifeste d'arriver à comprendre l'incompréhensible.

– Donc, Messer Lando, dit Vendramin qui semblait être arrivé au bout de son labeur, vous venez nous poser à nous la question que vous n'avez pas pu poser à votre tante. Pensez-vous que nous soyons à même de répondre à sa place ?

Carlo Lando releva brusquement la tête.

– Excellence, j'aurais pu taire tout ceci. Mais s'il doit s'avérer qu'une grande injustice est admise dans notre Cité, alors, je ne veux plus porter le nom que je porte. Et je m'en remets à vous et à votre clairvoyance.

– Tout cela est bien pensé et bien dit, jeune homme, intervint Badoer. Mais, Messer Chancelier, lisez, je vous prie. Car en fait de clairvoyance, nous savons que nous pouvons vous demander investigations et conseils. Nous déciderons ensuite.

Messer Aurelio, il est inutile de vous rappeler qu'en cette matière, vous vous rappellerez à tout moment la qualité des protagonistes, le souci de l'équité et le bien de l'État. Signori, inutile de rappeler que tout ceci doit rester secret.

Pendant que parlaient les grandes mains d'Antonio Badoer, Aurelio prit de celles de son collègue le fameux billet. Le texte en était court, Aurelio, qui soupçonnait quelque intrigue, fut aussitôt convaincu qu'il s'agissait d'un nœud de vipères :

« Carlo, à l'aide ! J'ai mes raisons. Je suis persuadée que mon époux a décidé de me tuer. J'ai peur. Arrange-toi pour me parler. D. »

13 : UN MOINEAU DE VENISE

Paolo Scarfati s'était mis activement à la recherche de son appât. Apprêtant ses lignes, il avait fini par le trouver, quinze jours plus tôt, sous la forme d'un enfant des rues, un de ces innombrables moineaux de Venise, gamins loqueteux, enfants de la prostitution et de la misère, couchant sur la paille et vivant de rapines dans les quartiers insalubres. Celui-là, toutefois, était un peu différent : il avait été recueilli deux ans auparavant par un moine du couvent de Santa Croce, un saint artiste qui dessinait de si beaux visages de madone que la communauté avait décidé de fermer les yeux sur ses vifs penchants pour son protégé. Dom Girolamo, plus que paternel, lui avait donné son nom, puisqu'il passait avec lui les plus belles heures de sa vie, lui apprenant à écrire et à dessiner des madones avant de passer tous les deux de l'autre côté du chevalet. Le jour où Dom Girolamo rendit à Dieu son âme tendre de pêcheur, les moines s'emparèrent de son protégé et voulurent transformer le moinillon en pénitent de l'espèce la plus outrancière. Girolamo le jeune prit donc la fuite jusqu'à l'autre bout de la ville, se mêla aux moineaux de misère qui pullulaient dans ce coin du Castello et se fit appeler Franco.

Ce jour-là, Paolo Scarfati, ses cartons sous le bras, passa par San Ternità. Était-ce le gamin ou Paolo qui avait repéré l'autre ? Le jeune adolescent avait reconnu l'attirail de peintre ; le peintre avait vu, sous les haillons et la couche de crasse, la grande beauté de l'enfant et son regard insolent. «Trois soldi, et je pose pour toi, beau peintre ».Puis il avait entraîné Paolo dans un bouge infâme dont les draps sentaient le suint de peau et les humeurs masculines. C'est là que Paolo fut frappé par son impudeur naturelle, une lascivité sans malice, spontanée, avec cette fraîcheur enfantine que lui donnait son visage d'ange. Pour certains, le diable ne devait pas être plus séduisant.

– Tu poses souvent comme ça, Franco ?

– Y a d'autres poses ?

L'art du dessin rapproche. Ils firent connaissance. Il disait venir de Florence où tous les artistes, c'est bien connu, baisent entre eux. Et toi, ça te dirait ? Non, ça ne lui disait pas, mais peut-être pourrait-on passer un marché.

– Ça paye bien ?

– C'est à voir.

Les termes du contrat étaient un bain complet, des vêtements propres, la chambre et le couvert dans un casìn de luxe où se succéderaient d'autres Dom

Girolamo, puis une évasion nocturne et un séjour sur la terraferma : la routine, plus l'aventure. C'était trop beau, mais la contrepartie était un rapport écrit, si possible dessiné, de qui il rencontrerait et de ce qu'on lui demanderait de faire.

– Tu fais dans le chantage ? Je te croyais peintre, dit-il avec un intérêt sincère.

Ce gamin au visage d'ange avait connu des écoles d'un type particulier. Et Paolo détailla point par point sa stratégie.

– Ça fera cent ducats, dit Franco.

On discuta donc plus âprement. Sûr qu'il y avait des risques, et il ne s'était pas enfui de Santa Croce pour se retrouver en prison ou dans la lagune, la tête en bas. Ou pis : en pénitent chez les Pères. Lui, son rêve était de partir à Florence. Mais comme le plan était en plusieurs étapes, on pourrait échelonner les payements. La dernière tranche quand le but secret de la mission serait atteint. On finit donc par tomber d'accord. Cela commençait par soustraire Franco à l'avidité des rabatteurs de chair fraîche qui sévissaient aux alentours du port. On lui trouverait une paillasse dans un coin de l'atelier de Titien où il poserait pour un Saint Sébastien. « Tout ce que tu veux, mais pas un moine », répondit Franco.

De son côté, Laura avait depuis longtemps étudié les issues du casìn et déterminé quelles étaient les clés qui s'interposaient entre l'appartement d'Anna et la liberté. Il y en avait deux ; l'amitié d'une petite servante padouane les avait mises entre ses mains et les deux clés s'étaient trouvées un jour imprimées dans de la cire, puis leurs copies étaient venues attendre leur heure dans le double fond d'une boîte à fards.

Quand Paolo était allé montrer ses dessins à la Padrona, celle-ci voulut aussitôt disposer du modèle qui avait servi pour Narcisse penché sur l'onde. Il le lui fournit sous forme d'un aide cuisinier qui fut immédiatement conduit dans l'appartement privé de la maquerelle où les observations de l'apprenti purent commencer. Tout était en place, et tous les soirs, des pas résonnaient dans l'escalier qui montait vers l'appartement de la *padrona* et des murmures descendaient par la cheminée dans celui de Laura. Il suffisait d'attendre la dixième nuit, celle où, contractuellement, un signal traversant la cheminée précipiterait Laura vers le double fond de sa boîte de fards.

14 : *DOPOMATTUTÌN*

Le bureau du chef de la police possédait deux fenêtres grillagées ; l'une donnait sur la piazzetta, l'autre sur la cour intérieure du palais des Doges. La pièce contenait une table et trois chaises, mais aussi un petit foyer et des murs tapissés de bois pour couper l'humidité des pierres. Mosca y faisait son travail d'administration et de routine. La femme habillée en servante assise en face de lui attendait qu'il lève le nez de ses papiers : des rapports de surveillance. À Venise, on aimait surveiller avec soin les étrangers, toujours soupçonnés d'être des agents secrets. La République en guerre postait des mouches aux alentours des endroits publics où patriciens et étrangers avaient l'occasion de se rencontrer. Les tavernes, les casini et même les églises faisaient partie de ces endroits-là et ceux qui y exerçaient leurs activités savaient qu'ils seraient appelés à rendre des comptes à la police. Les

65

gondoliers aussi, étaient notoirement et définitivement réquisitionnés pour servir les obsessions du Conseil des Dix : savoir le plus possible de tout le monde et éviter les troubles à l'ordre public. Mosca, ce matin-là, jouait donc à son niveau son rôle d'inquisiteur. La femme qui attendait son bon vouloir, une Dalmate entre deux âges au visage fermé, venait du casìn d'Anna Cortina.

– Combien de visiteurs, hier soir ?

Il fallait employer peu de mots, ces femmes parlaient à peine le vénitien. Anna Cortina, qui aimait la discrétion au sein de sa maison, ne les choisissait pas au hasard. Au bout d'un temps consacré soit à la réflexion, soit à l'expression de sa mauvaise volonté, la femme étendit sa main fripée, les cinq doigts bien écartés.

– Les filles sont six, objecta Mosca.

– Primavera, menstrues, ajouta-t-elle sans hésiter.

Ce mot-clé, dans le monde où elle vivait, devait être un des premiers qu'elle eût mémorisés.

Sur les six filles, cinq étaient donc occupées. À moins que l'une d'elles ait eu une partie fine à plusieurs, le rapport signalait un visiteur excédentaire.

– Six, objecta Mosca d'un ton sec.

– *Nê*, fit la femme en haussant un front rétif.

– Tu mens, fait Mosca, sévère.

– Nê, fait la femme en abaissant puis relevant un front.

Tout sbire qui se respecte sait que de l'autre côté du golfe Adriatique, et en dépit du fait que les habitants y sont chrétiens, leurs mouvements de tête pour dire oui et non sont inversés. C'était une source inépuisable d'embrouilles avec les douaniers. (« Avez-vous quelque chose à déclarer ? » Et ils faisaient oui de la tête… Une perte de temps !)

– Nê. Quand moi fini service, pas mon affaire.

– Mais toi entendre ! fait Mosca en se secouant les pavillons d'oreilles.

– Nê. Pas mon affaire, répète-t-elle à la manière d'une mule qui encense.

Était-ce parce que ces interrogatoires de routine commençaient à lui peser ; était-ce parce que le sbire en charge de cette corvée était malade ce matin ; était-ce la rudesse de cette paysanne ? Mosca décida de ramollir cette matière brute.

– Il y a donc des gens qui viennent quand toi fini service ?

– Da, fait la femme en secouant le tête.

– Et pour qui ?

– Patronne.

Mosca ne savait plus comment le monde était fait. Lui qui, depuis des années, s'évertuait de connaître les déplacements nocturnes du moindre chat à Venise, voilà qu'il semblait apprendre qu'une patronne de casìn de luxe recevait personnellement des visites secrètes. Cette idée le titillait d'autant plus que ce casìn-là était, policièrement parlant du moins, irréprochable, mais surtout parce que la patronne était hors d'âge. Cela sentait le soufre.

– À quelle heure ?

– *Dopomattutìn ;* fait la femme en balançant la main.

À toutes les horloges de Venise, zéro heures correspondait alors à une demi-heure après le coucher du soleil. Et comme le coucher du soleil variait selon les saisons, c'était, avec la façon de dire oui et non, une nouvelle source d'embrouilles. Seuls les moines, réglés sur leur temps de prière comme les mouftis turcs, et sur l'appel de leur estomac comme tout le monde, faisaient sonner leurs cloches à des heures admises par tous. L'ennui, c'est qu'ils priaient toutes les trois heures et que tout cela manquait de précision, d'où la main qui s'agitait souvent en l'air, incapable de saisir un instant précis, nuançant tant bien que mal en ajoutant « avant » ou « après » accompagné d'un geste plus ou moins large vers la gauche ou vers la droite. En l'occurrence, « dopomattutìn », censé signifier après les matines, même sans geste à l'appui, indiquait une heure où tous les gens honnêtes dorment.

De plus, les psaumes de matines une fois expédiés, Venise étendait le couvre-feu et les seuls humains qui circulaient encore étaient les sbires et les gens de sac et de corde. En conséquence, Mosca prit un air menaçant :

– Fais attention à ce que tu dis !

– Dopomattutìn, ponctuait la femme. Moi, fini service. Visite patronne. Chambre patronne fermée à clé. Clés chez Patronne. Pas mon affaire.

Le flair. C'était uniquement le flair qui fit prendre à Mosca cet air terrible, avançant une main, les cinq doigts écartés en signe de malédiction.

– Prends garde. Tu ne me dis pas tout ce que tu sais.

La femme comprit si bien qu'elle recula en se signant. Ses prunelles jetaient un éclair de terreur animale comme si elle voyait le diable.

– Parle ! gronda Mosca.

Les lèvres de la servante tremblèrent ; elle semblait évaluer le danger, décida enfin que, sur l'instant, le sbire était plus redoutable que la patronne.

– Quand Patronne reçoit neveux, pas mon affaire, secret patronne, murmura la femme à toute vitesse.

15 : UNE TRILOGIE

Cette histoire de neveux d'Anna Cortina méritait d'être éclaircie. Mosca se dit que la tentation était grande, dans ces maisons si bien équipées pour la discrétion, de s'adjoindre des commerces autres que ceux qui étaient déclarés. Voilà qui méritait d'être signalé aux Quaranties criminelles. Toutefois, il existait entre le chef des sbires et le Grand Chancelier des liens personnels, historiques, de confiance et de gratitude, des choses sues et non dites comme la passion secrète que le notable devait entretenir avec la Laura du casìn. Il savait, lui, Mosca, qu'Aurelio allait parfois visiter la belle courtisane et en revenait auréolé de gloire pour une bonne semaine. Ainsi donc, il ne fallait pas qu'autour du casìn éclatât un scandale public où apparaîtrait le nom d'Aurelio. Les situations embarrassantes appellent des solutions en demi-teintes, c'est bien connu à Venise. Aussi Mosca prit-il la décision d'envoyer des mouches surveiller les mouvements autour du casìn, de sorte qu'il saurait, mais il était bien décidé de ne rien entreprendre auprès des Quaranties avant d'en référer prudemment à son vénéré protecteur.

Aurelio avait précisément réintégré son bureau étroit dont la porte sur la salle des scribes était restée ouverte et il était plongé dans ses pensées.

En effet, après son entretien avec les Inquisiteurs, le Grand Chancelier se débattait entre stupeur et interrogations ; il passait en revue, remâchait la situation, les faits, ses impressions, comme un général se préparant à un siège. Et puis cette trilogie : prudence, circonspection, discrétion. La noblesse de Venise, qui, à chaque génération s'alliait un peu plus avec elle-même, aimait laver son linge sale en famille. Le crime public était ce qu'elle redoutait le plus. Il méritait une mise à mort publique, pour protéger l'exemplarité des autres. Mais il fallait tout faire pour éviter d'en arriver à ces extrémités. Certes, Aurelio ne se sentait pas une grande estime pour le Capo Lando. Mais de là à envisager qu'il ait voulu tuer sa femme... Des personnages riches, puissants et orgueilleux, Aurelio ne s'attendait pas à des crimes vulgaires ni à des mobiles sordides dignes des petites gens. C'était là sans doute une erreur de ses sentiments, car il gardait au fond de son cœur un reste de chevalerie. Mais à Venise, peut-être les cœurs battaient-ils au rythme des pièces d'or. Oh, comme partout, il battait aussi au rythme des passions, il était bien placé pour le savoir, puisque l'image de Laura envahit soudain son esprit.

Aurelio en était là de ses réflexions quand Mosca poussa la tête dans l'encadrement de la porte, le front barré d'un pli soucieux et cet air théâtral et inégalable de lenteur soupçonneuse, expression parfaite de la prudence, circonspection, discrétion. La trilogie.

Le sbire, à mi-voix et sans long préambule, fit un rapide compte rendu de son interrogatoire de la servante. Aurelio haussa le sourcil, prit un air d'autant plus détaché qu'il avait peine à se libérer de tout ce qui concernait ce casìn de malheur.

– Les trafics nocturnes sont souvent les mêmes, Mosca. Une réponse suffisante nous est suggérée par le genre d'établissement que tient la maquerelle. Vous connaissez autant que moi la mode des mœurs orientales et antiques en vogue dans notre cité. Après tout, Antinoos déifié a depuis toujours ses autels dans des maisons les plus honorables.

De même qu'il glissait sur les visites du Grand Chancelier à Laura, Mosca évita de s'appesantir sur cet Antinoos inconnu.

Mais Aurelio gardait le sourcil froncé.

– À moins que vous ne tombiez sur un nid d'espions, je ne vois là qu'une variante des passions humaines. J'ai par contre à reconnaître votre clairvoyance dans un autre domaine. Allez fermer la porte, je vous prie, et asseyez-vous.

Ce compliment et l'invitation balayèrent d'un coup le secret d'Anna Cortina et Mosca, tout en s'asseyant, se sentit grandir d'un pouce.

– Figurez-vous que les Inquisiteurs me chargent de faire toute la lumière sur l'accident de la Signora Lando.

– Ah, Ah ! fit Mosca triomphant. Je savais bien qu'il y aurait là pour nous un travail d'orfèvre!

Aurelio réprima une bouffée d'exaspération : Mosca ne perdait décidément pas cette funeste habitude de dire « nous », comme si un Grand Chancelier et un sbire pouvaient être traités sur un pied d'égalité. Mais il fallait bien passer sur cette tare si l'on voulait s'adjoindre les services exceptionnels de ce serviteur fidèle.

– Je sors à l'instant de leur bureau. J'y ai rencontré un personnage que vous devrez connaître et dont je veux tout savoir.

Mouches, sbires, gondoliers, Mosca déployait déjà mentalement tout son attirail tandis qu'il écoutait Aurelio faire la somme de ce que celui-ci avait pu entendre et observer. Mais quand lui fut glissé sous les yeux l'écrit de la Signora Lando, il resta muet un instant avant de conclure :

– *Cazzo* ! Voilà une famille où on ne se réunit pas souvent pour la prière du soir !

16 : TINO ET TONIO

La lune s'était levée, soulignait quelques nuages laiteux dans le ciel noir, effleurait déjà les toits des maisons, révélait les cheminées fumantes, les *altane* squelettiques. Mais les ruelles et les canaux étroits étaient plongés dans les ténèbres. De proche en proche, à un coin de mur ou sous une arche, une lanterne jetait un halo de lumière jaune ; une gondole, glissant dans un discret clapotis de rame, emportait ses lumignons dansants qui répandaient sur l'eau sombre des nappes de languettes brillantes. Aux étages des maisons, des fenêtres noires renvoyaient des rayons de lune, d'autres luisaient timidement, sous la lueur des chandelles.

Agostino Carbòn avait pris son poste au fond de la placette minuscule, plus un terre-plein qu'une placette, qui le séparait de l'entrée du casìn. Calé dans l'embrasure d'une porte, sa lanterne sourde éteinte à ses pieds, il pouvait surveiller l'entrée de la demeure, une belle entrée avec une porte en chêne à heurtoir de bronze encadrée d'une arche de pierre, et surmontée d'une lanterne de cuivre. Quiconque passait sous cette lanterne était arraché à l'anonymat de la nuit.

Une nuit paisible et froide qui durait depuis plusieurs heures déjà. En cette saison, les cloches de vêpres résonnaient à la tombée du jour et les noctambules attardés avaient depuis longtemps trouvé refuge dans les tavernes de Rialto. L'écho de leurs chansons n'arrivait pas jusqu'à la *calle delle donzelle*.

Agostino Carbòn, que le froid ankylosait, remua un peu, s'ébroua, fit quelques pas sur la droite, là où la placette s'étrécissait pour se conformer à la largeur du pont. Eau noire, reflets de lune et lueurs de chandelles aux fenêtres lancéolées donnant sur le rio. Là haut, ils ont chaud et ils s'amusent, pensait Agostino Carbòn. Cela lui barbouillait les idées de noir, aussi noir que les ténèbres qu'il se mit à scruter, du côté où devait se trouver son collègue Antonio Melazza, sûrement aussi transi que lui. Les gilets de laine qu'ils avaient accumulés sous leur vêtement fourré les transformaient tous deux en objets, vagues motifs architecturaux, du genre pilier d'église, colonne de palais ou plutôt ruine de temple romain. Il avait les pieds glacés dans ses socques aux semelles de bois entourées de chiffons pour assourdir ses pas.

– Tonio ? murmure Agostino.

Tonio avait sûrement répondu quelque chose, mais Agostino avait deux bonnets enfoncés sur les oreilles, si bien qu'il ne détecta la présence de son collègue qu'au jet de vapeur sorti de sa bouche. Antonio Melazza était embusqué de l'autre côté du pont, d'où il avait vue sur la jolie façade baignée de lune et le fanal accroché au pilier. Ce pilier, qui soutenait l'angle de la maison, éclairait une voute sous laquelle pouvait se glisser une gondole qui déposerait son passager sur des marches de pierre. Un peu sur la droite, s'ouvraient deux fenêtres à trois pieds au-dessus du rio. Elles étaient garnies de grillages ouvrants, sans doute des cuisines. Plus à droite encore, un degré de pierre fermait l'impasse. Et plus loin enfin, une autre façade et le pont suivant. C'était l'unique spectacle qui s'offrait depuis trois heures à Antonio Melazza et celui-ci, dans son petit nuage de vapeur, exhalait aussi son ennui :

– J'espère que le chef n'a pas oublié de nous envoyer le relayeur. J'ai grand besoin d'un vin chaud à Sant'Aponal.

– Tiens, dit Agostino en fouillant sa poche, la Nina m'a préparé cette petite fiasque d'eau-de-vie. Je sais que c'est pas permis en service, mais c'est pas permis non plus de nous laisser ici par ce froid. Bois-y un coup, camarade.

Il fallait ôter les gros gants, assouplir les doigts gourds, prendre le temps de partager avec délice le liquide en fusion, trépigner un peu pour le faire descendre jusque dans les orteils.

– T'as vu passer du monde, toi ? questionne Agostino. Je veux dire, du monde qui entre là-dedans et que tu connais.

– Le Capitanio Marcello. Je l'ai reconnu à sa gondole, dit Antonio.

– Et moi, côté à pied, le citoyen Abbondio, puis un tudesque ou un hongrois, dit Agostino.

– T'as plus de chance que moi, Tino, dit Tonio, parce que m'est avis que ceux qu'on cherche ne se risquent pas en gondole, vu que les gondoliers sont tous des rediseurs.

– On pourrait bien arriver à pied en traversant ce pont et t'écraser les pieds, amico, dit Tino en riant.

– T'as raison, répondit Tonio en jetant un œil dans le trou noir de la calle qui fuyait entre les maisons. Mais justement, parce que ses sens étaient tendus dans cette direction, il lui sembla entendre à ce moment, venant du tréfonds du boyau, le roulement de cailloux d'un pas peu assuré sur un sol de gravier, des frottements, des souffles courts, puis le silence.

– T'as entendu ? fait Tonio.

– Quoi, dit Tino, qui avait remis en place ses deux bonnets.

– Quelqu'un qui marche et qui s'est arrêté.

Tino souleva le bord de son double bonnet, interrogea le silence. De quelque part tomba la phrase suave d'un chant, une voix légère qui monta en rire, un beau rire joyeux, qui, malgré le froid, fit sourire Tino. Cela venait du casìn.

– On n'entend pas les mêmes voix, fit remarquer Tino.

– C'était peut-être une bataille de chats, dit Tonio sans conviction.

– C'est une chatte qui mange un rat, corrigea Tino. Ou plutôt le contraire.

– Ou bien c'était un sbire qui nous surveillait. Ça leur arrive, des fois, de contrôler si on travaille comme il faut. Si j'étais toi, j'irais reprendre ma veille, Tino. Déjà que notre haleine doit sentir l'alcool…

– T'as ma foi raison, dit Tino avant de s'éloigner.

Tino avait à peine repris sa place, tapi dans l'ombre, en face de la porte du casìn, qu'une lueur de chandelle s'était allumée à l'une des fenêtres du bas.

17 : LE CHAT

Tonio, en faction de l'autre côté du pont, au-delà du rio, observait depuis un temps le rayon de lune qui, courant sur la façade, révélait les reliefs de la pierre. Soudain, comme il arrive souvent lorsque l'œil fixe un certain temps une image confuse, il y distingua nettement des formes que son esprit raccrocha à des choses connues. Et oui, foi de Tonio, il avait vu, de ses yeux vu, sortir des murs de cette maison du vice et du diable, la face même de son propriétaire. Il réprimait un frisson lorsqu'un pas s'était approché, venant de la ruelle obscure qui s'ouvrait, menaçante, dans son dos. Un pas lourd mais assourdi par des semelles de cuir souple qui n'empêchaient pas les graviers de crisser sous des griffes. Cela approchait à une cadence régulière, décidée. Tonio se signa et s'aplatit au fond de son coin d'ombre. L'être passa devant lui sans le remarquer et Tonio put voir sa silhouette lorsqu'il traversa le pont. Il portait un haut bonnet carré, sans cornes, son long manteau qui se soulevait en marchant ne semblait pas dissimuler des jambes de bouc. Et s'il en sortait un tintement métallique, c'était sans doute celui d'une lanterne sourde ou d'une arme, ou probablement des deux. Tandis que l'homme se dirigeait résolument vers la porte du casìn, Tonio sentit diminuer sa frayeur, mais se signa quand même une seconde et une troisième fois, par précaution.

C'est alors que le crissement du gravier se fit entendre à nouveau.

Comme il était en service, que son haleine ne puait plus l'alcool, qu'il souffrait passablement et qu'il s'était abondamment signé, il se sentit envahi par la grâce, s'empara de son briquet, ralluma sa lanterne sourde et, en murmurant le nom du Christ, éleva celle-ci en direction du bruit qu'il venait d'entendre. Il eut à peine le temps d'entrevoir une silhouette menue, agile comme un chat, une femme ou un diablotin, filer à toute vitesse et se réfugier dans les ténèbres. Oh, il n'était pas un téméraire, Tonio, mais dans l'ensemble, il avait l'âme en paix et surtout, il avait remporté le prix de course aux derniers jeux du *sestiere* pour être parti le premier, au signal. Cet instant de gloire lui avait acquis le réflexe de partir à la course aussi vite que les voleurs. Depuis, il en avait rattrapé, des voleurs qui couraient vite. De plus, étant né dans le quartier, il en connaissait tous les recoins, les ponts, les sinuosités. Et comme enfin la course le guérirait du froid, il se mit à courir.

Venise ne connaît pas la ligne droite. Au bout d'une vingtaine de longues enjambées, le boyau obliquait sur la droite avant de faire un coude à gauche sous une lanterne. C'est là que Tonio l'aperçut à nouveau, sautant par-dessus son ombre et comme en lévitation dans un jaillissement de flamme noire. Tonio maudit ses socques de bois qui lui alourdissaient les pieds mais il avait les jambes longues et savait lui aussi faire des bonds prodigieux. Il atteignit donc en quatre bonds le coude et sa lanterne, sachant qu'au-delà se poserait le choix entre le chemin de droite qui conduisait rapidement à San Cassiano, ou celui de gauche, qui donnait accès à trois impasses successives, la dernière finissant brutalement sur le rio. Tonio, arrivé à temps sous la lanterne, eut le temps et le plaisir de voir au dernier instant le feu follet prendre le chemin de gauche.

Parvenu à son tour à ce dernier tournant, Tonio mit tous ses sens en éveil. Il savait que les deux impasses s'ouvraient après des passages sous les maisons, formant des sortes de cours intérieures éclairées chacune par une lanterne accrochée sous la voute d'entrée. Mais la troisième voie, celle qui, longeant des murs aveugles, tombait dans l'eau, n'était que ténèbres épaisses. Or, à ce dernier tournant, le voleur avait disparu. Mais Tonio savait aussi que, si celui-ci poursuivait sa course éperdue, il était en train de foncer vers le plongeon signifiant sa déroute. Or, ce bruit de chute ne venait pas.

Tout n'était plus dès lors qu'une question de temps et de méthode car le misérable ne pouvait se trouver que tapi dans l'une des deux cours. Il releva le volet de sa lanterne sourde, inspecta minutieusement la première. La lune y jetait une lumière de planète morte. Le lieu était lugubre mais ne paraissait receler aucun mystère, n'offrir aucune cache à un fugitif. Les façades, quoique pelées, ne proposaient ni auvent ni creux ni entaille. Les portes fermées, peu de fenêtres éclairées, ici et là, la lueur d'un feu de bois. En repassant sous le *sottoportego*, Tonio fut saisi d'un malaise. Ne venait-il pas d'entendre un frottement discret, ce frôlement du vêtement sur la matière dure ? Qui pouvait s'accrocher là aux solives comme une chauve-souris ? Il haussa donc sa lanterne sourde. Il venait de déranger les travaux nocturnes d'un couple de pigeons. Au diable, volatiles, pensa-t-il en poursuivant son chemin.

L'impasse suivante était plus vaste, l'aire centrale occupée par une citerne, une habitation d'angle avait un mur largement lézardé. Tonio se pencha sur la citerne. L'eau noire lui renvoya le reflet de sa lanterne. Quand il se redressa, le crépitement d'une chute de pierres venu de la maison d'angle lui arracha un sourire mauvais.

Il ne pouvait être que là, accroché comme une araignée, agrippant avec difficulté les aspérités du mur, s'y arrachant les ongles, s'y arrachant la peau, suant et rageant, espérant sans doute atteindre une fenêtre, espérant se glisser comme une couleuvre dans la lézarde, disparaître dans une fente du mur se confondre avec la brique pourrie.

Une main armée de son couteau, l'autre de sa lanterne, à pas lents et prudents, Tonio s'approcha.

– Je te tiens, bastardo ! s'écria-t-il.

C'était un mur lépreux. La pluie et l'air salin en avaient rongé la partie inférieure ; les madriers enfoncés dans la vase avaient dû bouger avec le temps. C'était le mur d'une maison qui s'ouvrait lentement à côté de sa porte, laissait passer le vent, mais pas les voleurs. Et la lanterne sourde éclaira le mur. Nu. Sous l'œil méchant d'un chat noir qui sautait d'une fenêtre à l'autre sans déranger les plantes.

C'est là que Tonio, se signant à nouveau, fit disparaître le chat.

Puis il retourna auprès de son collègue qui n'avait pas bougé de son poste.

– Où étais-tu passé ? interrogea Tino avec un brin de reproche.

– Ce n'était qu'un chat, dit Tonio.

– Tu l'as pourtant vu passer, il t'a frôlé ! dit Tino avec animation. Moi, le l'ai reconnu quand il est entré. Et c'est la Cortina qui lui a ouvert la porte.

Tonio semblait ne pas entendre.

– C'était un chat, répétait-il, comme du fond d'un songe.

– Et sais-tu qui c'était ? Pietro Lando !

– C'était un chat, répétait Tonio. Mais, per Bacco, c'était un chat à deux pattes.

18 : LE NOTAIRE ET LE BANQUIER

Maestro Tabelli vivait au milieu d'un nuage floconneux. Sa mauvaise vue le contraignait à se cacher derrière une paire d'immenses loupes qui lui mangeaient le visage et lui donnait l'aspect d'un lémurien, espèce inconnue à l'époque, mais créature fantastique déjà sortie de l'imagination des peintres. Maestro Tabelli, notaire, voyait le monde en détails, jamais dans son ensemble. La mer n'était pour lui qu'un vague nuage gris et mugissant mais il reconnaissait les plages à la qualité des grains de sable et des menus coquillages ; les palais n'étaient que des ombres fantomatiques mais il distinguait du premier coup d'œil le ducat de Venise du florin d'or. Il avait développé par contre une redoutable mémoire des voix. Leur timbre lui révélait l'identité des gens, leur intonation, leur humeur, leur résonance, la nature des lieux. Aussi, quand il entendit une porte s'ouvrir sur une sorte de caverne aux murs sombres et qu'une voix s'éleva : «Maestro Tabelli, je suppose que vous savez où vous vous trouvez», le notaire répondit sans hésiter et fléchissant l'échine :

– Je suis entièrement à votre service, Signor *Cancelliere*, mais pourquoi me convoquez-vous dans la salle des Inquisiteurs ?

– Pour la raison, Maestro Tabelli, que je vous parle en ce moment en leur nom.

Le notaire entendit aussi un commis lui avancer une chaise et la porte se refermer sur ses pas.

– Et avant toute chose, reprit Aurelio, il me faut réclamer de vous le secret absolu sur ce qui va se dire ici. Approchez-vous et posez la main sur ce volume des Évangiles. Je vous demande un serment.

Un serment. Maestro Tabelli, en tant que confident des fortunes et de leurs alliances, en avait déjà prononcé plusieurs dizaines, dans sa vie. Se parjurer, c'était autant de fois mériter l'enfer, mais c'était surtout fermer boutique et flotter dans la lagune, la tête en bas.

– Signor Cancelliere, toute personne qui s'adresse à moi le fait sous le sceau du secret, vous le savez bien.

– Maestro Tabelli, je ne vous parle pas ici des secrets privés qui concernent les affaires de certains. Il existe un intérêt supérieur dont dépend la sérénité de notre République. Or, celle-ci, qui a horreur des rumeurs et des doutes malsains, connaît un moyen de les faire taire. Vous m'avez compris. Je vous demande votre serment, Maestro.

Les deux immenses loupes frémirent un instant, s'approchèrent, une patte maigre d'insecte se détacha du corps noir et vint s'aplatir sur le livre. Ayant émis une stridulation dans laquelle on put reconnaître les formules incantatoires, il se replia dans sa position première et attendit.

Aurelio décida d'aller droit au but :

– Maestro Tabelli, vous êtes dépositaire des papiers de Ser Pietro Lando. Nous avons besoin de connaître sa situation testamentaire et son état de fortune.

Le lémurien cligna lentement des yeux, se remplit les branchies :

– Seigneur Chancelier, le contrat de mariage de Ser Lando et de feue son épouse stipule que la dot de la Signora, en cas de décès de celle-ci, reste entièrement acquise à son époux afin de grossir le patrimoine de leurs enfants à venir. Hélas, il n'y a point eu d'enfants. De sorte qu'en cas de décès de Ser Pietro, et sauf s'il contracte un nouveau mariage produisant descendance, la fortune doit aller à son neveu, fils de feu son frère.

– Et sauf si Ser Pietro en décide autrement par testament, compléta Aurelio.

– Cela va de soi. Toutefois, il ne m'a fait état d'aucune intention, ni de récidiver à contracter mariage, ni de changer son testament, qui fait de son neveu son légataire.

Le notaire semblait en avoir fini de ce qu'il avait à dire. Il affermit son assise, cligna lentement des paupières et attendit. Mais il se rappela aussitôt que s'il ne parlait pas de ce que tout le monde savait, il paraîtrait résister aux volontés des Inquisiteurs, ce qu'à Dieu ne plaise. Il reprit donc, au bout d'un instant :

– Toutefois, Ser Lando vient de perdre trois mille ducats dans une tempête au large de Corfou.

Les fortunes de mer, à Venise, se publiaient vite, ne se comptaient jamais en pertes humaines, mais en valeur de marchandise, parfois en unités de galères.

– Nous savons cela, dit Aurelio. En est-il résulté quelque nouvelle disposition dans la gestion de ses biens ?

– Trois mille ducats, Excellence, ce n'est pas une petite somme. D'autant plus qu'il venait d'engager des fonds dans un projet d'aménagement de sa propriété de terraferma. Ah, me direz-vous, cela représente la moitié de la dot de son épouse ; je lui ai donc suggéré de demander à celle-ci un prêt sur son bien, ce qui revenait à une simple signature de sa part.

– Et… ?

– Cette proposition sembla lui déplaire. Dès lors, lui dis-je, prenez une hypothèque sur votre palais ou votre saline de Tessera. Mais à cette seule idée, il se récria, disant qu'il y perdrait sa réputation et le fonds que l'on faisait sur la solidité de sa fortune.

– Quels étaient ses rapports avec son épouse ?

Le notaire, vieux garçon solitaire observant les familles derrière ses loupes d'entomologiste, avait sa théorie sur les mœurs souterraines des insectes. Il fit donc la grimace du connaisseur.

– La domination totale de l'homme mûr sur la jeune femme qui pourrait être sa fille, Excellence.

Sans doute un certain ressentiment de n'avoir point d'héritier, cherchant ailleurs des preuves de sa capacité, mais dans sa position, respectant les dehors. Ah, Seigneur Chancelier, si vous saviez combien le cœur d'un homme puissant peut contenir de chagrin, d'amertume, de bile ; la rancœur, avec le temps se change en dépit, acrimonie, humiliation, ressentiment, fiel, haine...

– Certes, Messer Tabelli, certes, coupa Aurelio. Pourvu que cet homme respecte ses devoirs vis-à-vis de la société... Et que sait-on de son neveu ?

– Le jeune Carlo vit sous le toit de son oncle depuis le décès de son père. Le jeune homme n'a que de maigres revenus ; Ser Pietro lui verse une petite rente, moyennant quelques services.

– Par exemple ?

– Que sais-je ? Le seigneur Lando possède des biens sur la terraferma, des parts dans les convois, les assurances... Dans sa situation, on a toujours besoin d'un parent lié à soi par l'intérêt et qui agisse promptement, servilement, aveuglément. Dans les familles, Signor Chancelier, tout n'est que cuisine, arrangements secrets, pactes non écrits, trafics obscurs ; cela débouche souvent sur des rivalités, antagonismes, désaccords ; dégénère en animosités, intrigues, brigues, menées, manigances...

Aurelio fit le geste d'arrêter la tempête.

– Y avait-il entre Donna Lando et Ser Carlo une intrigue dont le mari aurait eu à se plaindre ?

Tabelli réfléchit un instant.

– J'aurais peine à le croire, finit-il par dire. Le jeune Carlo recherchait les plaisirs et la jeunesse ;

plutôt les amis que les femmes. Et plutôt la chair tendre des jeunes garçons.

– Une famille sans brigue ni manigances, en quelque sorte, conclut Aurelio. Et finalement, comment Ser Lando pensa-t-il résoudre son problème d'argent ?

– Je ne sais, Excellence. Je lui suggérai bien sûr de s'adresser au banquier Strozzi mais il ne répondit rien et nous en restâmes là.

Alessandro Strozzi cachait dans sa longue barbe une lippe pendante qui s'allongeait à mesure qu'il calculait ou réfléchissait. Aurelio le savait retors et toujours prêt à afficher la désolation. Aussi ne fut-il pas surpris de voir la lippe s'allonger lorsque, ayant prononcé les paroles du serment, il s'apprêtait à répondre à la demande suivante, à savoir : faire le compte rendu de son entrevue avec les Seigneur Lando. Ce qui le chagrinait le plus, Alessandro, c'était l'éventualité de devoir dévoiler au Seigneur Chancelier à quel taux il espérait placer son argent dans les affaires du Seigneur Lando, sachant que celui-ci venait de subir une fortune de mer, qu'il n'allait sans doute pas en subir une autre dans le mois à venir, à moins que la Providence n'ait décidé d'abandonner le Seigneur Lando aux hasards du destin. Il était hors de question d'avouer au Chancelier qu'il était en train de spéculer entre les desseins de Dieu et ceux du Seigneur Lando au moment d'annoncer à celui-ci le prix du prêt. Il fit donc l'image de la désolation pour commencer :

– Hélas, Seigneur Chancelier, l'argent est cher, en ce moment. Le Seigneur Lando, qui semblait le découvrir, en fut bien fâché… Je lui proposai, au nom du prestige de l'Institution dont il est le Capo, de faire pour lui l'exception… l'effort que je consentirais pour le bien de la République.

Les Strozzi n'oubliaient jamais de souligner les bonnes relations qu'ils entretenaient avec la République, d'autant plus qu'ils étaient riches banquiers, que la République avait besoin d'argent, qu'ils étaient bannis de Florence où régnaient les Médicis qui avaient juré de leur couper le cou, et qu'ils trouvaient à Venise de quoi faire fructifier leur argent.

– Et donc… ? fit Aurelio pour sauter à la conclusion.

– Il refusa mon offre, pourtant très avantageuse, et prit congé en me disant qu'il trouverait d'autres voies.

19 : UN MOT ANONYME

– « D'autres voies », Mosca. Vous n'allez pas me dire qu'il pensait par là supprimer son épouse ! Un Capo des Dix n'assassine pas pour trois mille ducats, voyons. Il trouverait vingt personnes pour les lui prêter. Ses propriétés, sa saline…

– Héhé, fit Mosca d'un air malin.

Aurelio avait trop besoin de formuler lui-même ses pensées pour prêter la moindre attention à l'éclat particulier qu'avait ce matin, en entrant dans le bureau étroit de la Chancellerie, l'œil saillant de sbire

– On peut avoir du ressentiment pour quelqu'un, poursuivait Aurelio, sans pour autant aller à de telles extrémités. Vos investigations parmi le domestique ne laisse transpirer aucune animosité particulière, seulement l'indifférence due, comme vous disiez, à l'absence de prière du soir en famille.

– Assurément, confirma Mosca. La religion est porteuse de concorde et de douceur des mœurs. L'absence de religion...

– Ce qui n'a pas empêché la dame, qui se rendait à la messe tous les jours, d'appeler à l'aide le neveu de son époux afin de la défendre contre les intentions criminelles de celui-ci. Criminelles ? Mais de quoi donc avait-elle peur ?

– Cette lettre témoigne surtout de l'extrême agitation mentale qui...

– Qu'est-ce qui peut susciter le ton et les mots de ce message ? Ainsi dans une famille où règne la banalité d'une vie régulière et la platitude d'une parfaite indifférence, flambent tout à coup des passions extrêmes, des mots d'angoisse, des accidents et des drames.

Le front dans les mains, le regard au sol, Aurelio cédait à son goût des idées générales. Mosca, qui n'osait l'interrompre, triturait sa poche.

Une poche. La dissimulation. Cela lui rappelait l'affaire du souper de la San Mattio où la dissimulation avait été si parfaite au point de faire accuser Laura...

– Vous me direz, Mosca, que les femmes savent dissimuler. Mais il est étrange, n'est-ce pas, qu'elle éprouve soudain le besoin de se précipiter à l'église, puis d'aller consulter sa mère. Une sombre affaire de famille ? Filiation ? Héritage ? Ah, les familles recèlent bien des secrets...

Et, tandis que, dans sa tête, grésillait la voix de Maestro Tabelli soulevant une cataracte d'imprécations au sujet des familles, Aurelio fut distrait par le froissement d'étoffes et les irritants mouvements que faisait Mosca en sondant sa poche. Ses pensées interrompues, il leva le nez, et fut frappé, non par le regard aigu du sbire, mais par ce qu'il lui tendait à bout de bras.

– On trouve de tout, Excellence, dans la bocca della verità. Des histoires de maris trompés, de fraudes à l'office des taxes, des dénonciations anonymes. Mais parmi les dénonciations anonymes, bien peu qui tombent aussi à propos. Lisez, je vous prie.

Aurelio prit le billet, l'ouvrit. Le papier était de grain assez fin, plié avec méthode, l'écriture soignée était celle d'une main sûre, sachant former les lettres avec style.

Je jure sur le salut de mon âme, qu'étant présent et seul au lever du jour à quelque distance du porche de la casa Lando, je vis un gondolier s'affairer sur la pierre et y déverser un liquide gras qui devait être de l'huile de poisson ou quelqu'autre produit épais. J'appris comme chacun que la Signora Lando, passant par là une heure plus tard, devait y laisser la vie. Je n'ai rien à ajouter à ce témoignage. Je l'ai écrit pour que règne la justice.

Aurelio lut plusieurs fois, interrogea encore le papier et l'écriture, leva haut les sourcils, inspira profondément.

– Troublant, n'est-ce pas ? commentait Mosca. Voilà qui corrobore la thèse d'une volonté de nuire.

– Troublant, approuva Aurelio au bout d'un temps. Mais ne concluons pas trop vite… N'ai-je pas entendu dire que les valets, au moment où les maîtres sommeillent et que eux s'activent, se jouent souvent entre eux des tours pendables, qui d'ailleurs parfois dégénèrent ? En général, on nettoie les seuils sous le coup de tierce, lorsque le soleil est déjà haut. Avant cela, c'est l'heure du domestique, des vivandiers et des fêtards. Cette… graisse de poisson n'était pas destinée à la Signora Lando puisqu'il n'était certainement pas dans les habitudes de la Signora de sortir si tôt de sa demeure.

– Sans doute, admit Mosca dont l'œil s'éteignit sous une sorte de déception. Toutefois, quelqu'un aurait pu connaître sa décision d'aller entendre la messe de l'aube.

– Décision prise la veille, voire le matin même ?

– Quelqu'un de la maison, insista Mosca.

Mais Aurelio fronçait le front. On s'égarait. Il prit un ton professoral :

– En fait, Mosca, il convient de bien poser la question : qui devait faire les frais de cette… plaisanterie.

– Un valet, croyez-vous, ou bien… Peut-être le Seigneur Lando, sursauta le sbire comme un élève trouvant soudain la réponse. Le Seigneur Lando ! Il rentrait chez lui au petit matin. Nous savons que cela lui arrive.

Le professeur Aurelio montra de la surprise, vite changée en scepticisme et, en bon professeur, s'appuya sur les essais de l'élève pour construire sa propre théorie :

– En effet, vous m'avez parlé de cette nuit où il était suivi d'un chat à deux pattes. Il serait intéressant d'attacher quelqu'un aux pas du Seigneur

Lando. À la fois pour le protéger et pour en savoir plus sur ce chat. Tout cela sent la nuit trouble. Mais…

Aurelio prit son temps pour décroiser et recroiser les jambes, se porter en arrière et croiser aussi les bras :

– Si la graisse de poisson était destinée au Capo Lando, comment expliquez-vous cependant le billet de la Signora Lando à son neveu ?

20 : LES VISIONS DE BONZUCCA

Giambattista Bonzucca remplaçait dans sa fastidieuse surveillance Antonio Melazza, lequel, ayant pris une mauvaise fièvre, entrait en sueur à la seule vue d'un chat. On espérait seulement qu'aucun autre animal de course ne vienne rôder dans les parages du casìn, car il était hors de question de voir Giambattista Bonzucca dit Giambòn, –ce qui en vénitien se disait Zambòn– courir comme une levrette. Il était même hors de question qu'il se tînt debout toute la nuit dans une fente de muraille. Ses jambes maigres ne le soutiendraient pas et ses rondeurs auraient vite révélé sa présence. Giambattista Bonzucca avait donc choisi de faire le guet à demi-couché dans une barque amarrée entre les pieux de la maison voisine. Il bénéficiait ainsi d'un matelas de paille, le taud de protection tendu d'un bord à l'autre lui servait de couverture et la fente du tissu était suffisante pour avoir une vue parfaite sur la façade arrière du casìn : poterne donnant sur un jardinet, et, à l'avant-plan, l'extrémité du *vicolo* qui finissait au bord du rio. De la façade sur le rio, il apercevait assez la voute d'angle éclairée par le fanal, les trois belles fenêtres lancéolées de l'étage, et, au ras de l'eau, la fenêtre grillagée des communs, une de ces fenêtres de cuisine, dont le portillon s'ouvrait le matin pour recevoir les denrées achetées aux barges des maraîchers.

Peut-être eût-il mieux valu se rapprocher du pont, mais il en voyait assez de la place qu'il s'était choisie et de toute façon, Agostino Carbòn était là-bas, de l'autre côté du bâtiment, sur le terre-plein de l'entrée principale, à compter tout ce qui entrait et sortait de cette maison du diable dont il connaissait maintenant tous les habitués, pauvre sentinelle à demeurer sur ses deux jambes, comme un cheval entre les planches étroites de son écurie. Lui, Zambòn, était étendu sur un lit douillet et tenait à portée de main sa réserve de graines –tournesol, pistache, noix, raisin sec– dans laquelle il puisait distraitement pour occuper le temps. Là-bas, sous la voute, le petit lumignon veillait, avec la placidité d'une lampe d'autel et pas un clapot ne venait troubler la surface de l'eau lisse dans le rio désert. Giambattista Bonzucca finissait par s'assoupir.

Une série de rumeurs, crissements, grattements, chuintements, éboulis de sable perça l'écorce légère de sa somnolence. Pierrailles grattées d'un mur et tombant dans l'eau : le reflet du fanal se rida comme sous la pluie. Il crut bien entendre : « *Soccorso* ! Au secours !» sur un ton pressant mais sans timbre, comme s'il passait devant un confessionnal. Et en effet, c'était bien d'une grille qu'il s'agissait, et la chose était accrochée presque à hauteur de ses yeux, c'était pour ça que l'eau lui renvoyait si fidèlement les sons. C'était blanc, cela se mouvait le long de la muraille, se ramassait, s'étirait, se déplaçait, semblait sorti du mur, ou plutôt de la fenêtre pratiquée dans la grille, où une lueur de chandelle éclairait faiblement une statue de madone. La chose était suspendue à une corde tendue entre la grille et l'angle du mur. Et à l'angle du mur, une masse noire était apparue durant son sommeil.

Giambattista Bonzucca se frotta les yeux, se réveilla tout à fait. Ce n'était ni un drap, ni un animal, cela possédait deux jambes et deux bras maigres, un corps souple et agile de la taille d'un enfant. Il atterrit dans les bras de l'homme vêtu d'une cape noire qui, l'enfant aussitôt remis sur ses pieds, imprima à la corde quelques mouvements significatifs. La madone de la grille s'anima, défit le nœud, libéra la corde qui fut aussitôt ramenée et ferma le grillage et la fenêtre avant de disparaître avec sa chandelle.

La suite du spectacle se déroula à dix pieds de la cachette de Giambattista Bonzucca : l'homme rangea sa corde dans un sac posé à terre et en sortit une défroque. « On va où ? » fit une voix d'enfant. Pour toute réponse, l'homme lui enfila une robe de femme par-dessus la tête et le gamin, dans cet accoutrement, se mit à danser la gigue avec des déhanchements de donzelle. Aussitôt l'adulte l'emprisonna sous sa cape avec une remontrance efficace car dès cet instant, les deux ombres n'en firent plus qu'une. Qu'attendaient-ils pour fuir ? Bonzucca comprit lorsqu'un volet de la belle fenêtre de l'étage se leva et que passa une main tenant une chandelle qu'un souffle de vent aussitôt éteignit. Et le coassement ne venait pas du gosier d'un crapaud : les crapauds, il les entendait tous les jours, Bonzucca, dans son jardin de Sant'Erasmo. Bien qu'en un sens, les crapauds de Venise, n'étant pas dans les herbes, appelaient peut-être avec un autre accent. C'était sans doute parce que la chandelle s'était éteinte que la main, là haut, avait jeté deux cailloux dans l'eau. Floc, floc. C'était peut-être, après tout, un couple de crapauds allant poursuivre dans l'eau glauque leur monstrueux accouplement. En tout cas, la fermeture du volet mit en route le faux couple d'amoureux.

Aussitôt que celui-ci eut disparu dans les ténèbres du vicolo, Zambòn entreprit de déhaler sa barque et de s'en extraire. Agostino Carbòn, assurément plus agile que lui et l'oreille plus fine, ayant fait le tour de la maison, accourait sur la berge du vicolo pour l'aider à se hisser.

– Tu as entendu ? Tu as vu ? souffla Tino.

– Il est venu seul et il est reparti à deux !

Et comme Tino gardait un silence interrogateur, Bonzucca dit Zambòn explicita :

– Quelqu'un vient de faire évader un gamin avec la complicité d'une femme du casìn. Tout ça est louche, Tino. Il faut les suivre. Le Capo Mosca ne nous pardonnerait pas d'avoir laissé passer ça sans savoir.

– Tu as reconnu qui c'était ?

– Pas la moindre idée. Toi, qui es agile, suis-les. Moi, je reste ici pour surveiller le poste. On ne sait jamais.

Bonzucca n'attendit pas que Tino ait dépassé en courant le coin de la maison pour retourner dans la barque et, tandis qu'il s'allongeait douillettement sur son lit de paille, il crut voir une ombre traverser le pont.

21 : UNE ÉVASION

– C'était une évasion, Capo. C'était bel et bien une évasion !

Bonzucca insistait, parce que son chef pensait visiblement à autre chose. Les deux sbires entrés dans le bureau savaient pourtant qu'il ne fallait pas déranger un personnage aussi considérable que le chef de la police au moment où celui-ci se penchait sur les papiers de sa haute fonction.

– Bonzucca, ce que vous me contez là est assez invraisemblable, mais enfin, autour de ces maisons dont il est question, nous voyons parfois se passer des choses étranges, répondait négligemment Mosca.

– Une évasion sur une corde, précisait Bonzucca, particulièrement frappé par un tel exercice dont il était notoirement incapable .

– M'étonnerait que ce fût par les airs, murmura Mosca.

– C'est que… c'était paraît-il un enfant, intervint Agostino Carbòn.

– Comment ça, « paraît-il » ? Ne l'avez donc pas vu ?

– Assurément, fit Tino confondu par cette rebuffade, mais beaucoup plus tard. Même qu'on pouvait se demander si c'était pas une femme… Une sorte d'espionne qui s'est enfuie parmi les bœufs…

Mosca se sentit désagréablement piqué par le mot « espionne », parce que Venise était truffée d'espions et qu'au féminin, ce mot prenait l'allure d'une arme nouvelle ; quant au mot « bœufs », il ne signifiait pas pour lui de la viande, mais le talon d'Achille de sa police. Toutefois, le plus irritant de tout, c'étaient ces deux hommes qui venaient le distraire de sa lecture avec une histoire à dormir debout où il était question d'espions.

– Per Bacco ! cria-t-il en frappant du poing sur la table, qu'est-ce que ce baragouin ? Bonzucca, commencez donc par le début. Qu'avez-vous vu ?

– Une évasion sur une corde, répéta en guise de préambule, Bonzucca dit Zambòn

Et de conter par le détail tout ce qu'il avait vu, en n'omettant aucun détail, excepté ceux qui concernaient son confort personnel et qui n'avaient du reste aucune importance.

– Et j'affirme qu'il s'agissait bien d'un enfant, concluait-il.

Mosca se sentit piqué une seconde fois. Un enfant : cela le ramenait à une enquête qui piétinait misérablement. Le chef des sbires soupira, car son intuition lui commanda de s'accrocher, bien que la chose lui coûtât de la peine. En effet, quand Tino se vit interrogé, l'enfant était devenu une femme enlacée par un homme qui l'avait entraînée chez lui jusqu'au petit matin.

– Où cela, chez lui ? interrompit Mosca.

– À San Ternità, capo, dans un galetas, sous un toit.

– Per Bacco, vous n'allez pas me dire qu'il s'agit de...

– Du peintre Paolo Scarfati, lui-même, affirma Tino.

Ce Paolo Scarfati était connu des services de police comme le loup blanc. Éternel suspect de par ses origines, ses activités, ses relations, et menant une vie tout à fait lisse. Ce personnage était aussi l'obsession du Grand Chancelier, mais pour des raisons différentes qui n'étaient pas étrangères à la belle Laura. Mosca identifia aussitôt la madone à la chandelle évoquée un instant plus tôt : elle ne pouvait être que Laura parlant à Scarfati un langage secret depuis la belle fenêtre de l'étage.

C'est alors que Bonzucca dit Zambòn se rappela un détail :

– Et puis, Capo, faut encore que je vous dise... m'a semblé voir quelqu'un traverser le pont.

– Quel pont ?

– Celui qui mène au *campiello*.

– Per Bacco, Zambòn, soyez plus clair ! Où et quand ?

– Le pont qui mène au campiello devant l'entrée du casìn, là où Carbòn n'était plus, puisqu'il avait quitté la place pour suivre Scarfati. Eh bien, dès que Carbòn est parti, quelqu'un a traversé le pont.

– Un rôdeur ? Un client ? Vous ne l'avez pas suivi ?

Suivi ? Et comment l'aurait-il suivi, Bonzucca dit Zambòn, obligé de quitter sa position couchée au fond de la barque, sortir de sa cachette, rejoindre l'autre rive, se hisser sur la berge de la seule force de ses bras et se mettre à courir…Bonzucca dit simplement :

– Eh, Capo, fallait pas abandonner le poste, j'étais tout seul, vu que Tino était parti. Même que j'ai pensé… que je me souviens maintenant qu'y filait dans la même direction que Tino.

Mosca laissa tomber les épaules. Encore une belle embrouille. Mais enfin, une affaire prenait corps. Mosca se réservait d'y réfléchir plus tard.

– Bon. Et au petit matin… ?

– Toujours enlacé, le couple s'est rendu sur le quai des beccarie, à l'endroit des boucheries où accostait un convoi de bœufs venu de terraferma.

Tino hésitait, marquait une gêne.

– Et alors ?

– Et alors, Capo, dans la cohue et la merde, il était bien difficile de suivre les gens. Les bœufs, ça se bouscule, ça saute parfois pour passer les bords des planches, ça patauge, ça chie et les bouviers courent partout…

– Bref, vous les avez perdus, bravo, Carbòn, grogna Mosca sur un ton de reproche.

– Mais, Capo, dans un convoi de bœufs qui ont déjà chié pendant tout le trajet sur une barge, ils sont tous pressés de descendre, les bêtes autant que les bouviers. Ah, je vous jure que ce n'est pas la procession du Doge ! gémit Tino.

– Ne jurez pas, Carbòn, et poursuivez.

– Bref, une fois le troupeau entré dans les étables, j'ai vu le chef bouvier Capretta sortir du bureau des taxes. J'ai donc interrogé le commis. Tout était en règle, les chiffres correspondaient au comptage des têtes…

– De bétail, sûrement : ils comptent à Mestre et ils recomptent à Venise. Mais les rameurs, et les bouviers ?

– Leur nombre correspondait aux déclarations de Capretta.

– Évidemment, fit Mosca en haussant les épaules.

– Mais que je vous dise, Capo… Scarfati est retourné seul à San Ternità.

Mosca eut un mouvement des mains exprimant son exaspération. Oui, il savait depuis longtemps que le service des bœufs était le talon d'Achille de sa police : les commis n'étaient pas assez soigneux quant au comptage des têtes, c'était un perpétuel sujet de discorde entre la police et ce que celle-ci appelait *l'uffizio della merda*.

– Et puis aussi, Capo, j'ai vu Capretta et Scarfati se frapper les épaules, et Scarfati regarder partir la *barca della merda*.

De mieux en mieux, pensa Mosca dans un sursaut de fureur contre tous les Capretta et les Scarfati de Venise. Tout en approuvant souverainement le travail de ses hommes, il méditait de mettre sous les verrous une fois pour toutes tous ces ennemis sournois de la République. Que de temps et d'énergie gagnés s'il parvenait enfin à faire donner de la corde à Scarfati pour qu'il livre ses complices ! Mais en cela, il se heurtait à la volonté de son cher protecteur, le Grand Chancelier Aurelio, lequel avait ses raisons à lui, qu'il ne connaissait que trop. Toutefois, Capretta pourrait bien faire l'objet d'une investigation un peu poussée. C'est ainsi que Mosca se retrouva bientôt en face d'Aurelio pour lui conter sa belle histoire d'évasion et réclamer, sinon la tête de Scarfati, du moins celle de Capretta, capable de tromper si habilement sa surveillance.

– Astucieux, le coup des bouviers, commenta Aurelio. Voyez-vous comment on fait sortir de Venise un homme qu'on veut vous soustraire, ou comment on peut y introduire un indésirable ? On vient à onze, on repart à douze, ou on vient à treize et on repart à douze. Et ils notent le chiffre douze comme d'habitude.

– Mais ils prétendent qu'ils comptent à Mestre, Excellence !

– Autant qu'à Venise et parmi les bœufs. Toutes les chances de se tromper. Seuls les bœufs les intéresse. Pour le reste, ils ne comptent pas ou mal, et Mestre étant sur une autre juridiction, peu leur importe l'exactitude.

– Il faut arrêter cela, dit Mosca, les yeux saillants d'indignation.

– Surtout pas, Mosca. Maintenant que vous savez, laissez faire et surveillez. On est toujours mieux placé lorsqu'on connaît les ruses d'autrui, sachant qu'il ignore que vous l'avez éventé, plutôt que de risquer qu'il vous en invente d'autres qui vous échapperaient.

22 : UN GUÊPIER

Aurelio, qui n'avait rien perdu du rapport de Mosca, savait donc que si l'évasion s'était faite en deux actes, le premier s'était bien déroulé au casìn et que l'auteur en était bien Scarfati et sa complice la belle Laura ; ou le contraire, allez savoir. Et justement, il fallait savoir. Mais enquêter sur Laura, c'était justement ce qu'il voulait éviter.

– Attendez et surveillez, Mosca. Il se passera bien quelque chose qui vous donnera le fin mot de cette affaire. En attendant…

Aurelio semblait accablé et Mosca, qui devinait ses pensées, se gardait bien d'intervenir. Quand on respecte un homme, il faut bien aussi respecter ses contradictions, et c'est ainsi que parfois, on se damne par loyauté. Il en était là de ses pensées, lorsqu'Aurelio leva le menton.

Mosca, où en est votre enquête concernant les meurtres d'enfants ?

La question fit saillir davantage les yeux du sbire.

– J'ai pensé la même chose que vous, Excellence. Il se passe dans ce casìn des choses que vous et moi ignorons.

Cette fois, le « vous et moi » faillit mettre Aurelio en colère, parce qu'il n'était que trop exact. Quel lien y avait-il entre les enfants noyés et la fugue de cette nuit ? Mosca était sûrement en train de penser que l'amant de Laura, celui qui était devant lui, était le mieux placé pour tenter de répondre à cette question. Mais espérait-il vraiment que celui-ci en trouverait la réponse sur un oreiller de dentelle ? Certes, le chef de la police avait assez de moyens pour retourner tout Venise, s'il le voulait, fouiller les maisons, vider les coffres des chambres. Mais certains coffres étaient dangereux à ouvrir, en particulier ceux d'un casìn de luxe.

Et puis le « vous et moi » ne s'arrêtait pas là. Car outre le « vous » et le « moi », il y en avait un autre, et cet autre était Scarfati. Scarfati qui savait mieux qu'Aurelio ce que cachait le coffre de Laura et cette idée le mordit jusqu'à la rage. Il inspira longuement pour s'en dégager.

– Mosca, laissez-moi réfléchir. La vérité ne paraît pas en un jour et je vous sais capable de l'extraire. Ne changez rien à vos dispositions mais tenez-moi au courant. Entretemps…

Aurelio se redressa comme si un poids venait de lui alléger les épaules.

– Avez-vous du neuf concernant l'affaire Domenica Lando ?

Mosca leva les bras au ciel : le métier de sbire, décidément, demandait l'aide des puissances célestes.

– Point, Excellence. Nous avons toujours une version des faits contredits par deux écrits qui semblent corroborer la thèse de l'assassinat. Ces écrits semblent accuser un homme haut placé et hors d'atteinte, dont le mobile serait l'argent. Mais point de preuves et des témoignages fuyants... Les mendiants du parvis m'ont parlé d'un jeune homme qui se mêlait à eux mais dont ils ne savent rien. J'ai transformé l'un de ces mendiants en mouche, mais depuis quelque temps, le jeune homme ne se montre plus parmi eux.

– Encore un chat ?

Mosca se pencha en avant avec un œil de conspirateur. Il savait quelque chose.

– L'agent Melazza se remet. Je l'arracherai de chez lui dans deux jours car on m'a parlé d'un personnage qui surveille aussi le casìn et doit en savoir autant que nous sur les visiteurs tardifs de cette maison. À qui s'intéresse-t-il ? Pesari, Zeni, Barrozzi, le citadin Abbondio ou aussi Lando ? Et puis, ce « chat » pourrait bien être l'auteur de cette lettre anonyme qui parlait de graisse de poisson et de justice.

– Un mélange surprenant, Mosca, tenta Aurelio pour alléger l'atmosphère.

– Actuellement, il se méfie, poursuivit le sbire. Mais avec mes mendiants et le retour de Melazza, je ne tarderai pas à mettre la main sur lui et la bonne corde me permettra de connaître son jeu.

– Donc, encore une fois, surveillez et attendez. La patience est une excellente complice, Mosca.

Aurelio congédia Mosca sur cette idée générale, mais aucun des deux n'était satisfait de la tournure des événements. Mosca gardait son air contraint et Aurelio son front soucieux.

Le sbire à peine disparu, les pensées du Chancelier se mirent à déferler comme un flot furieux ayant rompu une digue. Au sommet de la vague surgissait, giclait bondissait le visage de Laura, dans une ruée d'irrationnel, comme ces étalons fougueux qui cherchent la faille de leur clôture pour se précipiter en champ libre. L'image cabriola délicieusement puis douloureusement dans sa tête avant de s'apaiser, sans disparaître pour autant, comme surveillant les mouvements de ses pensées.

Certes, il aurait aimé élucider très vite cette affaire Lando. Mais il faut plus que des présomptions pour mettre en cause un Capo du Conseil des Dix. Le plus simple serait, comme d'habitude, de fermer les yeux et d'accepter son impuissance face à une famille patricienne et puissante. Il avait bien essayé de faire triompher la justice, dans l'affaire du traître de Marano, où le notaire Dedo avait été à l'origine d'un abus de présomptions contre le chaudronnier Castagna. Au final, Castagna avait été pendu et son bien racheté à vil prix par Lando. Le notaire aux Quaranties criminelles avait eu raison d'un Chancelier parce que Lando était partie dans un marché occulte. Ainsi est fait le monde. Justice, tu régneras un jour, lorsque les hommes seront devenus vertueux. Mais ce jour n'est pas venu. Viendra-t-il jamais ? Laura, je vous ai fait ce sacrifice d'un échec, pour racheter l'injustice qu'on vous a faite et à laquelle mon office m'a fait prêter la main.

Laura, j'aimerais venger aussi Castagna. Laura, j'aimerais réparer le mal que j'ai été obligé de vous faire.

Mais qu'êtes-vous en train de tramer ? Depuis le début de notre relation, je savais que je regretterais un jour d'avoir cédé à l'impulsion qui m'avait jeté dans vos bras. Mais vous m'êtes entrée dans les veines et non seulement je ne supporterai pas de vous perdre mais vous avez tissé votre toile autour de moi, et toute accusation officielle qui vous convaincrait du moindre crime ou manigance rejaillirait sur moi et me ferait chuter.

Per Bacco ! Dans quel guêpier es-tu allé te fourrer, Aurelio, où s'ourdissent des commerces obscurs et d'où sortent des enfants, par une fenêtre, le long d'une corde, la nuit !

Les images, les idées, les émotions se succédant, lui brouillaient la clarté d'esprit. Plus aucune pensée ne s'accrochait, ne parvenait à suivre un cours normal. Il connaissait cet état transitoire qu'il préférait attribuer à la fatigue ou à un déséquilibre d'humeurs. Dans cet état, il ne fallait pas qu'il s'accroche à sa tâche du jour. Une diversion devenait nécessaire.

Saluant au passage Ser Cartelloni, il lui souhaita le bonsoir et prit le chemin de Santa Croce.

23 : FANTINA

Fantina occupait une maison coquette dans le sestiere de Santa Croce : un atelier de brodeuse en front de rue, deux petites chambres et une cuisine donnant sur une courette où croissait l'arbre qui ombrageait les courettes voisines : tout un univers. Comme beaucoup de servantes, elle avait cédé au charme de son maître et lui avait donné, sept ans plus tôt, un fils qu'on appela Costantino. Oh ! Fantina savait bien qu'un mariage avec un citadin aussi considérable que Nicolò Aurelio était impossible. Mais elle ne se désespéra pas, parce qu'après tout, elle connaissait le lot de beaucoup de femmes et parce qu'elle savait Nicolò Aurelio généreux et sage. En effet, bien qu'elle eût la chance de produire un garçon, le père ne voulut pas séparer l'enfant de sa mère ; il offrit à celle-ci cette maisonnette de Santa Croce où elle brodait de couleurs vives les linges fins des riches demeures, faisait croître des fleurs dans sa courette et surveillait le bambin qui gazouillait sous son pupitre de brodeuse.

Quelques années plus tard, la peste déclarée à l'arsenal où travaillait son frère, décima plusieurs familles. La maison de son frère en fut frappée et l'on ne réussit à sauver que le plus jeune. Nicolò Aurelio ne trouva-t-il pas tout normal que Fantina recueillît son neveu et que celui-ci servît de grand frère à son fils ? Et c'était une chose admirable que de voir ce grand garçon sérieux, déjà éprouvé par l'existence, servir de guide et de modérateur aux fantaisies du petit Costantino. Enfin, l'orphelin, qui s'appelait aussi Nicolò, fit son entrée dans la famille sous le nom de Nicolino, car il fallait garder le nom sacré de Nicolò à « Messer Nicolò », nom que Fantina prononçait avec autant de ferveur que celui de la Madone de Santa Croce.

Entre ses deux garçons, ses fleurs et ses broderies qui lui permettaient de vivre, Fantina coulait des jours paisibles. Elle avait même gardé l'affection de Messer Nicolò, qui venait de proche en proche surveiller les études des garçons et lui faire cadeau d'une bourse et de sa présence. Le dimanche, elle allait remercier la Madone de Santa Croce de lui réserver une vie si douce et un amant si généreux.

Hélas, depuis quelque temps, Messer Nicolò devenait plus distant, plus taiseux, plus mystérieux et Fantina flairait la présence de quelque chagrin secret. Or, quel chagrin pouvait connaître un homme aussi important, à moins que la cause n'en soit une femme ? Aussi, la dernière fois, les enfants aussitôt partis servir le prêtre à l'office du soir, elle avait elle-même poussé le verrou et entraîné Messer Nicolò vers la chambre où elle s'était enhardie, laissant pour la première fois son corps de femme exprimer ses fantaisies les plus insolites. Messer Nicolò en avait été surpris et la Madone de Santa Croce lui avait souri avec complicité le dimanche suivant. Forte de cette approbation, elle brodait depuis en imaginant de nouvelles inventions. Si bien que, quand Aurelio poussa la porte ce jour-là, il se trouva très vite emporté dans un accueil subtil, un enveloppement chaleureux, une danse débridée. Fantina laissait parler ses sens avec un naturel absolu qui rendait touchante son impudeur. Et elle riait de la surprise de son amant et jubilait de l'entendre reprendre son souffle appuyé sur son sein tendre où il devait entendre palpiter son cœur tandis qu'elle caressait la moiteur de sa peau et qu'il soufflait « tu ne m'as jamais fait autant de plaisir, Fantina ». Alors, elle caressa du regard l'image de la Madone, en face du lit, et ferma les yeux, satisfaite.

Plus tard, dans la soirée, Messer Nicolò récitait le benedicite en latin devant la soupe fumante. C'était l'heure de Costantino, de ses questions, de ses inventions. Aurelio tentait de lui répondre sur un ton de professeur, mais ne parvenait pas toujours à cacher la joie que lui procuraient les réparties de son fils, sa curiosité, son intelligence naissante. Il se tournait vers le sérieux Nicolino et laissait à Fantina le soin d'imposer sa douce autorité. Finalement, il avait pris l'habitude de poser la première question :

– Qu'avez-vous appris chez les pères, les enfants ?

– Moi, je sais faire mes lettres, *Pàre*. Voulez-vous voir ?

– Costantino, ce n'est pas le moment, dit Fantina.

– Tu me montreras tes feuilles après le repas. Et toi, Nicolino ?

– Nous avons traduit en latin un texte de l'Évangile.

– Quelle drôle d'idée, s'écria Costantino, c'est déjà fait. Même que le prêtre le lit en latin tous les jours du calendrier.

– Tu ne comprends pas, Tino, c'est un exercice, répondit posément Nicolino.

Sur un regard de sa mère, Costantino se replia sur sa soupe. Mais le repas aussitôt fini, les feuilles de calligraphie couvrirent la table. Aurelio admira, approuva et conclut :

– J'espère pour toi, mon fils, qu'un jour, tu emploieras la chancelière. Ce sont ces belles lettres ornées que l'on utilise pour les documents officiels.

– Montrez-moi, Pàre.

On apporta donc un encrier et des plumes. Aurelio choisit la mieux taillée, immergea la pointe dans l'encre, fit dégorger du tuyau l'excès de liquide, sa main se posa sur le papier et s'envola. Il avait, d'un élan, tracé un L, cette belle lettre qui ressemble à deux boucles de cheveux mollement entrelacées sur un oreiller de soie, cette lettre qui jaillissait de sa plume avec cette volupté du tracé, L comme Laura, L comme le dessin qu'il avait un jour porté au joaillier pour en faire un cadeau somptueux à la femme qui lui avait déjà pris son cœur. Le temps de s'apercevoir que sa main avait pensé à sa place, il se ressaisit et composa un mot : *Laborare*. Le corps des lettres était modéré, la montante *b* s'élevait au double de sa voisine, le *e* final se prolongeait comme à bout de souffle après un labeur. Costantino, les yeux fixés sur la main paternelle, retenait sa respiration. Aurelio le regarda du coin de l'œil et sourit. Il ne fallait pas en rester là. La main repartit : *et genitores honorare*. Ici et là, il ajouta quelques fines envolées, un *h* qui trempait une jambe dans le ruisseau, le *g* était particulièrement réussi avec sa volute imprévisible, qui donnait à l'ensemble un air d'élégance particulière.

– Ooh, s'extasia Costantino. On dirait une procession de belles dames sur la piazza San Marco.

– Ça, c'est beau, Tino. Tu arriverais à en faire autant ? hasarda Nicolino

C'était pour Costantino une incitation trop forte. L'enfant prit des mains de son père la belle plume et, un bout de langue passé entre les dents, s'efforça de reproduire la belle calligraphie. Il était habile de la plume, Costantino : il avait suivi les cours de dessin chez Dom Girolamo, où son ami Franco était presque aussi habile que lui. Et puis, c'était lui qui dessinait des motifs de fleurs pour les broderies de sa mère. Aurelio le regardait faire avec un mélange d'amusement et de satisfaction. Et quand l'enfant tendit son ouvrage aux trois paires d'yeux qui l'observaient, il suscita un murmure d'admiration.

– Voyez-vous, Pàre, moi aussi, je pourrais être Grand Chancelier !

– N'exagère pas, Costantino, dit Fantina. Il te faudrait d'abord être beaucoup plus savant.

– Mais ne trouvez-vous pas que déjà j'imite bien son écriture ?

Fantina n'aimait pas les accents triomphants de son fils, ni qu'il capte trop l'attention générale.

Elle considéra de plus près le papier où voisinaient les mêmes mots, fit une petite moue :

– Oui, ce n'est pas mal, on pourrait s'y tromper. Mais s'y tromperaient seulement ceux qui ne connaissent pas l'écriture de ton père.

Sur quoi elle vit Aurelio se raidir et le sourire s'effacer de son visage. Avait-elle froissé Messer Nicolò ?

– Mais je suis sûre qu'en t'exerçant un peu, tu y arriveras, s'empressa-t-elle d'ajouter.

Or, Fantina se trompait. Aurelio venait seulement de réaliser qu'il n'avait jamais vu d'écrit autographe certifié de Domenica Lando.

24 : L'EXPERT

Ser Griffoni formait avec Ser Tossego et Ser Butiron, les trois experts de la République. À l'instar des trois Inquisiteurs, ils occupaient des niches de pouvoir, avaient des activités occultes, souterraines, et, comme certains insectes, ne paraissaient que dans des circonstances bien particulières. Leurs connaissances hors du commun les autorisaient à prétendre qu'on les appelle Maestro. Ainsi, Maestro Butiron était le médecin légiste, Maestro Tossego le maître des poisons et Maestro Griffoni était le maître des papiers.

Dans une république commerçante où l'on signait tant de contrats avec tant de monde, ce n'était pas peu de chose que de distinguer au simple coup d'œil, au toucher ou à l'odorat une reconnaissance de dette écrite par un Génois de Constantinople, une liste de cargaison rédigée à Trébizonde ou une lettre de change émise par le banquier du Pape. Il savait à la qualité du papier s'il provenait des Flandres, d'Alexandrie ou de Perugia. Il connaissait toutes les façons de former les caractères latins, qui différaient de Venise à Barcelone, Augsbourg, Londres ou Amsterdam ; les lettres grecques n'avaient pas le même tracé selon qu'elles provenaient d'une main de Zante, de Candie ou de Romanie ; il se piquait en outre de déchiffrer les arabesques orientales, bien qu'en la matière, on lui adjoignît un Turc de bonne souche chrétienne, recruté par le defchirme et instruit dans l'enderun.

Maestro Griffoni avait les doigts lisses et pointus, une configuration de phalanges capables de glisser entre les feuilles, de les pincer, les caresser, les froisser, les faire parler alors même qu'elles étaient fermées, violer leur secret, alors même qu'elles étaient vierges. Les écrits, il ne les lisait pas, il les contemplait comme on contemple un tableau et si des doubles verres ne quittaient pas le cordon qu'il avait attaché à son cou, c'était moins pour rechercher le sens d'une phrase que pour apprécier un plein ou un délié, comparer les corps, différencier un accent d'une virgule.

Avec l'aide de Mosca et d'une chaîne de domestiques et chambrières, Nicolò Aurelio s'était procuré une lettre de Domenica Lando à sa mère et avait envoyé le document, accompagné du billet apporté par Carlo Lando, à Maestro Griffoni, avec ordre de les analyser et comparer. C'est ainsi que quelques jours plus tard, Maestro Griffoni était introduit dans le bureau du Chancelier.

L'expert salua, s'assit avec cérémonie, retira de dessous sa cape noire un porte-documents qu'il déposa et ouvrit avec une onction de prêtre à l'offertoire, étala devant lui, côte à côte, les deux feuillets et maintint sur eux le bout de ses longs doigts consacrées.

– Même papier, entonna-t-il. Provenant de nos moulins du Dorsoduro. Qualité moyenne à bonne, en fibre de chanvre et lin et marquée de vergeures et de pontuseaux. Encre de qualité, à base de noir de fumée, recueilli lors de la combustion de chandelles, de résine et de bois de pin carbonisé, mélangé à de la gomme arabique et dilué dans le l'eau. Un peu plus diluée sur le document n°2. Plume ordinaire d'importation, d'oiseau de grande taille, oie ou cygne.

– Lequel de ces documents est pour vous le n°2, Maestro ?

– Celui-ci, dit l'expert en tapotant la lettre de la Signora Lando à sa mère. Quoique l'on puisse attribuer le palissement de l'écriture à l'exposition prolongée à la lumière, ce qui altère le pigment et jaunit la gomme arabique. Mais, dans ce cas, nous aurions aussi un jaunissement du papier et une fatigue aux pliures.

– Certes, Maestro. Et l'écriture ?

– Les lettres de l'italienne cursive sont bien formées, quoique les montantes et descendantes soient plus retenues dans le document n°2. Les majuscules présentent les mêmes ornements, quoiqu'un peu moins élancés dans le document n°1, et je dirais même un peu moins précis, voyez le J et la boucle du C qui paraît même un rien tremblée. Ce qui est curieux, c'est la forme du A qui n'est pas de la cursive italienne, mais de l'humanistique, qui, comme vous le savez, a remplacé à Florence la minuscule caroline.

Était-ce par impatience ou par mimétisme, Aurelio posa aussi ses deux mains sur la table, mais sur le bois, à plat et avec une certaine rudesse.

– La question précise, Maestro, est de savoir si ces deux manuscrits sont de la même main.

L'expert parut un instant descendre en lui-même. Il semblait interroger une fois encore le document n°1 et son frère le n°2. Mais en fait, il ne regardait que ses ongles soignés et rassemblait ses idées.

– Je vous dirais oui, parce que la répartition subtile des contrastes entre pleins et déliés est la même, la main ayant la même façon d'appuyer la plume sur les jambages et de produire des empattements. Mais…

– Mais ?

Les deux mains de l'expert s'écartèrent et se joignirent en prière entre les deux documents.

– L'expérience montre, Seigneur Chancelier, que l'écriture d'une même main peut varier perceptiblement selon que la personne est pressée ou dispose de son temps, sereine ou perturbée par une idée ou une expérience angoissante. Dès lors, elle néglige les détails, sa main tremble, ou elle glisse trop haut ou trop bas en traçant certaines lettres. Nous avons aussi à envisager le temps écoulé entre les deux écrits. Ce document n°2, dont le papier est légèrement fatigué, doit être plus ancien que le n°1.

Une main plus jeune est plus ferme, quoique la fermeté de la main puisse, comme chez les peintres, augmenter avec le temps, me direz-vous. Et puis, les écritures féminines sont sujettes à variations, en raison de la variation saisonnière des humeurs mulièbres.

– En conséquence… ?

– En conséquence, notre document n°1 soit est écrit dans un état d'agitation extrême, soit est une subtile contrefaçon.

Il avait prononcé « subtile contrefaçon » sur un ton presque ravi qui poussa Aurelio à définir autrement la chose :

– Un faux, Maestro.

– Un faux, Seigneur Chancelier. Un faux, à moins bien sûr que…

25 : L'AVEU

Quand Messer Cartelloni introduisit Laura dans le bureau du Chancelier, Aurelio sentit son cœur bondir et se le reprocha aussitôt. Mais, comme il était galant homme, il se leva pour aller à la rencontre de la jeune femme tout en lui débitant les phrases fleuries.

Il l'avait reçue une première fois à la chancellerie en tant que rediseuse, une deuxième fois en tant que témoin, mais était allé la voir une fois ou deux en tant que courtisane. Cela avait créé entre eux un lien complexe, fait de badinages et de non-dits, d'avancées et de fuites, d'allusions spirituelles et de retenue. Il se rendait compte aussi qu'à chaque rencontre, il augmentait son répertoire à mesure qu'au fond de lui, il souhaitait plutôt se taire, l'écouter, l'admirer. Comme elle était belle, avec son mantelet de laine rose assorti à ses joues, le retroussis charmant de ses lèvres écarlates, l'ovale parfait de son visage surmonté d'un petit chapeau de plumes claires qui faisait ressortir la couleur miel sombre de ses yeux.

Il lui avança la chaise, la complimenta encore, mais cette fois ne reçut en échange aucun sourire, seulement un regard obligeant habitué à recevoir l'hommage.

– Excellence…

– Oh, oh, cela commence bien mal, fit-il, plaisant.

Mais Laura ne lui laissa pas le temps de badiner ni même de changer de contenance :

– Dans quelques jours, vous recevrez de moi une lettre adressée au Conseil des Dix, demandant la révision du procès de mon père et de mon mari. Et ma réhabilitation. Je viens vous demander de la transmettre.

Aurelio supporta sans broncher le choc de cette déclaration. En même temps, il n'en fut pas étonné : il savait depuis le début que cette femme en cachait une autre. Cette autre savait pourtant que, son père ayant été condamné par la République, elle était considérée comme fille de traître et qu'on ne l'avait laissée en vie que sous la condition de cacher son identité. Seul Aurelio et quelques initiés savaient qui elle était. C'était à tout cela qu'il faisait allusion en lui rétorquant, un peu roide :

– Savez-vous au moins ce que cela signifie pour vous ?

– Parfaitement, répondit-elle sans hésiter. Je désobéis à l'injonction du Provéditeur Gritti, à celle de l'Inquisiteur Badoer, à la vôtre, quelle que soit la manière dont chacun de vous me l'avez transmise. Je désobéis à la République et j'encours sa colère.

Dans les mots de cette autre femme qui se découvrait à cet instant avec cette arrogance, Aurelio ne perçut que la revendication d'une enfant colérique qui, de surcroît, ne montrait aucun sentiment. Comme amant secret, comme amoureux sincère, il s'en trouva blessé, révolté, furieux.

– Mais c'est folie ! Qui donc a cru bon de vous donner ce conseil funeste ? Encore votre peintre ?

– Excellence, répondit Laura glaciale, je ne prends conseil que de moi-même. Je suis Laura Bagarotto, épouse de Francesco Borromeo, noble homme de Padoue, et fille de Bertuzzi Bagarotto, juriste et professeur à l'université de Padoue. J'ai été traînée de force dans cette ville où on m'a forcée à être courtisane, privée de ma liberté, de ma fortune, livrée aux plaisirs d'autrui et sans espoir de rachat, privée de ma dignité et du nom de ma famille. Vous concevez bien que je n'ai souffert cette condition que le temps de me donner la force d'en finir honorablement. Ce temps est venu, Monsieur le Chancelier.

– Mais Laura, tout cela ne peut finir que de façon tragique !

– Je m'y prépare aussi.

– Balivernes !

Aurelio avait frappé du poing sur la table. Ce front lisse, ce regard dur et ces propos provocants suscitaient sa colère.

– Balivernes, répétait-t-il. À votre âge, on ne parle pas de ces choses-là avec légèreté ; on vit.

– La belle vie, en vérité, que celle que vous me proposez. Quant à la mort, je l'ai vue d'assez près pour ne point la craindre.

– Comment pouvez-vous imaginer que la République veuille se dédire ?

– Les hommes et les circonstances changent.

– La chose jugée est classée.

– La loi du Prince peut l'exhumer.

– La République a d'autres urgences.

– La justice a donc cessé d'en être une ?

– Arrêtez, Laura !

Il avait même crié, hors de lui parce que les arguments qu'il lui opposait s'écrasaient sur le mur de sa volonté. Où donc puisait-elle une telle assurance, si ce n'était dans la machination qu'elle était en train d'ourdir avec la complicité de Scarfati ? Comment lui dire qu'il la soupçonnait de complot sans risquer qu'elle se ferme à jamais ? Comment refaire une nouvelle allusion à Scarfati sans rebuffade et surtout sans endosser le ridicule de la jalousie ?

Aurelio, pris au piège de ses propres contradictions, se sentit envahi d'une immense lassitude et d'un immense chagrin. À propos de quoi s'étaient-ils affrontés ensuite ? À propos de leurs positions respectives lors du procès de son père. Cela même lui sembla sans importance. Dans le calme qui suivit la tempête des mots, il se voyait comme un animal blessé, dépossédé de l'idole d'autrefois dont il tirait félicité.

Qu'était-elle venue faire, en somme ? S'assurer de son appui dans ce qu'elle méditait de faire ? Elle savait bien qu'il était son allié ; en voulait-elle aussi la preuve ? Certes, elle le manipulait, mais aussi, sa démarche signifiait que Scarfati ne suffisait pas à la protéger. Quelque part, elle avait encore besoin de lui. D'ailleurs, ne venait-elle pas de prendre un ton conciliant pour dire :

— Je vous demande pardon, Excellence. Ce n'est pas vous que je vise, bien sûr, ni votre fonction. Ce sont les décisions de la République.

Était-ce le frémissement qu'il avait senti sous la statue de marbre ? Il eut une inspiration. Si elle voulait une preuve de sa loyauté, elle l'aurait, et même au-delà de ses espérances. Car peut-être que, pour comprendre Laura et percer ce qu'elle était en train d'ourdir, sa meilleure carte serait la vérité. Comme elle est intelligente, se dit-il, elle doit savoir le prix de cette vérité ; a fortiori, si elle a du cœur.

— En fait, c'est moi que votre décision anéantit, murmura-t-il au milieu d'un silence. Parce que je vous aime, Laura.

Voilà. C'était dit. Dès cet instant, elle pouvait rire ou partir. Or, elle se tut et laissa Aurelio poursuivre d'une voix sourde.

— Pour moi, vous avez toujours été Laura Bagarotto, personne d'autre. À ceux qui me rappellent votre condition, je me réponds à moi-même que je suis seul à vous connaître… Sottise, évidemment. Vous ne m'appartenez pas. Vous n'appartenez même pas à vous-même.

Elle n'avait ni ri, ni proféré de réplique cinglante ; elle s'était rapprochée, au contraire.

– Ne pensez-vous pas que je l'avais deviné et que, sans doute pour les mêmes raisons que les vôtres, vous ne m'êtes pas indifférent ? Que serais-je venue faire ici, sans cela ? Aussi, n'aimez pas une femme de casìn, Nicolò ; vous méritez mieux que cela ! Aimez une femme libre et honorable. Pas une courtisane.

Il n'y avait rien à répliquer à cela et c'était digne de Laura Bagarotto. Mais ragaillardi par ce qu'il venait d'entendre, Aurelio tenta un pas de plus :

– Laura, dites-moi la vérité. Vous êtes trop intelligente pour vous jeter ainsi dans une entreprise hasardeuse. Que projetez-vous que vous ne me dites pas ?

Elle sembla navrée de s'enfermer dans son secret.

– Moins vous en saurez, Nicolò, mieux cela vaudra. Pour vous comme pour moi. Sachez en tout cas que ce que je projette, je le fais pour moi avant tout ; rien que pour moi ; mais peut-être, ce faisant, épargnerai-je la vie de quelques enfants.

Ah ! triompha secrètement Aurelio. C'était donc cela : l'enfant évadé doit parler. Cette folle audace a-t-elle quelque chance d'aboutir ? De toute évidence, lui, Aurelio, était l'otage d'une machination. Mais, quoi qu'il arrive, il était décidé à aider Laura. Si elle échouait, à Dieu vat, cela faisait longtemps qu'il était trop tard pour reculer. Mais si elle réussissait, si Laura redevenait un jour la Signora Borromeo, elle n'accepterait pas de déchoir à nouveau en épousant un homme du peuple ; dès lors, plus question de Scarfati. Par contre, le Grand Chancelier, premier des *cittadini originali*…

Comme il avait été bien inspiré de lui avoir fait un aveu qui ait non seulement la réalité, mais aussi l'apparence de la sincérité !

26 : LA MISSION À PADOUE

C'était plus fort que lui : Aurelio, en toute circonstance, posait sur les passions et les comportements humains un regard de philosophe, d'humaniste, d'entomologiste. Son propre cas n'échappait pas à ses analyses. Et parce qu'il se mettait très haut dans l'échelle de l'humanité, ce qui pourrait paraître de l'orgueil, il se jugeait soi même sans bienveillance mais voyait s'agiter autrui comme on suit à la trace des animaux sauvages dont on connaît les mœurs et prévoit les déplacements. Il les jugeait avec une lucidité teintée de cynisme et tempérée d'une bonne dose d'indulgence. Ou plutôt, il se sentait presque reconnaissant envers ceux qui donnaient raison à son amère lucidité.

Aussi, quand Andrea Zeni, qui ne traînait sa jambe raide que lorsqu'il était en état d'agitation mentale, installa celle-ci précautionneusement devant lui avant de le prier de lui fournir des renseignements concernant cette courtisane qui faisait parler d'elle, Aurelio eut une pensée de chasseur : quelque chose se mettait à bouger dans un fourré impénétrable. Ce fut bien plus net encore, quand les sbires de Mosca, au cours d'une visite de routine exercée dans l'antre de Scarfati, découvrirent la copie d'un testament du peintre, appelant le Nonce, son client et sans doute confesseur, à protéger « selon mes vœux, qu'il connaît »la compagne qui lui avait prodigué des douceurs. « Ces sortes de gens, n'ayant que leur âme à défendre, y mettent un prix exagéré » fut le seul commentaire de Zeni, qui aurait dû bondir à ce que sous-entendaient ces mots. Il tira seulement sur sa jambe avec une grimace de douleur.

Ce fut tout à fait net, quand Federico Pesari vint le prier de mettre au prochain ordre du jour du Conseil des Dix une comparution du chef des Quaranties criminelles en vue de requérir de lui un compte rendu complet sur l'état du dossier concernant les enfants noyés. À cette occasion, Aurelio, qui connaissait le nom des visiteurs tardifs du casìn, en apprit autant par leurs questions que par leurs silences. Ainsi, Pietro Lando, impénétrable et méprisant, laissait dire, prenait acte, sans intervenir.

Enfin, une autre circonstance, et non des moindres, avait peut-être décidé Laura et son complice d'agir vite et fort : la guerre. Sur la terraferma, Français et Espagnols luttaient contre les Vénitiens pour la possession des villes. Le Provéditeur Gritti, qui avait réussi à Padoue, échoua à Brescia. Le principal ennemi et artisan du sort de

Laura, sénateur et conseiller de Saint-Marc, dont les accents de bronze et les idées emplissaient les couloirs du palais, était actuellement prisonnier du Roi de France.

De sorte que, lorsque fut lue en Conseil la lettre de Laura demandant sa réhabilitation, Aurelio, qui avait artistement présenté le cas, fut à peine surpris d'entendre des voix plaider bien haut la pertinence de ses arguments. Nul doute qu'ils se dissent tout bas que cette femme était capable, de ruiner leur réputation, en plus de leur faire des soucis avec Rome, ce qui, à Venise en ce temps-là, revenait à lutter contre le diable. À côté de ceux qui défendaient la cause de Laura, il y en eut assez pour ne point s'opposer, que ce soit par sympathie pour la belle artiste, par indifférence ou par fatigue, vu l'heure avancée. On désigna donc une commission d'enquête, qui irait à Padoue consulter les archives. Le Chancelier, homme de dossiers et de comptes rendus, en ferait naturellement partie ; Paolo Grassi, qui s'était abstenu, ferait le contradicteur et le Capo Pietro Lando apporterait aux travaux l'aval du Conseil des Dix.

Une semaine plus tard, les *avvisi*, petites feuilles affichées au port et à Rialto concernant la vie de la Cité, annonçaient le départ en mission des trois hommes et leurs équipages, et conséquemment leur absence momentanée de Venise.

– Mosca, dit Aurelio, je serai donc absent trois semaines environ. J'espère avoir à mon retour quelques certitudes intéressantes concernant votre « chat » et ses intentions. Vous essayerez aussi d'être à même de tâter l'humeur régnant dans la casa Lando peu avant les faits que nous tentons de dénouer. Sinon, rien à signaler ?

Mosca admirait surtout la contenance de son maître, qui ne perdait rien de sa grave dignité alors même qu'il partait à Padoue dans le but de réhabiliter sa belle. Il était seul à le savoir. Dommage, car il ne pouvait proposer le sujet aux parieurs de la piazzetta : il aurait gagné à coup sûr. Mais il se contenta sobrement de répondre :

– Rien de neuf, Excellence. Quelques demandes de laissez-passer, dont une émanant de Maestro Bellini, pour un élève, répondit Mosca qui savait que l'atelier du maître était le but de promenade favori d'Aurelio.

– Titien ?

– Non point.

– Il est vrai que ses élèves sont si nombreux que je ne peux les connaître tous, dit négligemment Aurelio

27 : UN ATELIER DE PEINTRE

L'atelier de Giovanni Bellini ressemblait d'autant plus à une nef d'église que s'alignaient sous les hautes fenêtres retables d'autel et vierges en prière. On n'y respirait pas l'encens mais l'odeur entêtante de l'huile de térébinthe ; on y vivait par contre au rythme d'un office, avec ses longues périodes de recueillement et ses effervescences soudaines lorsqu'on déplaçait les échafaudages qui permettaient d'atteindre les cieux où s'ébattaient les anges.

Paolo Scarfati venait d'entrer, ses croquis sous le bras et monta dans la tribune réservée aux dessins et aux modèles. Là haut, le maître, entouré de cinq ou six jeunes élèves, apprenait à percevoir les courbes et les jeux de lumière d'un drapé posé sur un portant et dont chacun tentait de reproduire les reliefs. Paolo attendit patiemment qu'il en eût fini avant de se manifester. Il écoutait distraitement, se disait que les buveurs qu'il apportait venaient à point pour aider le maître à satisfaire les caprices d'Alfonso d'Este. Le Duc Alfonso devait en avoir assez des saintes conversations ; il souhaitait à présent voir des dieux qui se soûlent au vin rouge.

– Ah ! Paolo, s'écria Bellini dès qu'il l'aperçut, montre-nous ce que tu nous apportes.

Le jeune homme ouvrit son étui, déroula ses feuilles, laissa fuser les commentaires élogieux. Il savait bien que ses dessins étaient bons, que son trait vif et sans bavure ne s'encombrait d'aucune retenue, mais il ne s'attendait pas à être porté plus haut que le grand Leonardo da Vinci. Il mettait cette exagération sur le compte de l'affection que Giovanni Bellini portait à ses élèves, à lui en particulier, affection qui justifiait qu'il lui fasse par ailleurs certains reproches paternels sur son manque d'ambition. Mais comment dire à l'excellent homme que son ambition à lui était, pour le moment, d'aller peindre des chiens dans les maisons patriciennes afin d'écouter ce qu'il s'y dit et de faire servir ces informations à comploter la réhabilitation d'une femme de casìn dont il était amoureux depuis son enfance ?

Les élèves, penchés sur ses croquis, riaient de ses audaces, d'un enfant nu pissant dans une ruelle, d'un faune montrant ses fesses velues, d'un Noé endormi sous un arbre. De toute évidence, ils ignoraient tout des indécences qu'il était capable de dessiner et de vendre dans les endroits de la ville où l'odeur de la débauche était plus forte qu'ailleurs. Paolo s'amusa un instant à observer sur les jeunes visages toutes les expressions de l'étonnement, de l'amusement, l'ombre des pensées plus polissonnes.

Il fit un clin d'œil au seul qui ne riait pas, qui observait une réserve et une sévérité contrastant avec son jeune âge. Celui-là, il l'avait aidé, quelques mois plus tôt à faire son trou dans la ville. Le garçon était venu frapper à la porte de l'atelier, une lettre de Cima dans la main. Il était habillé en paysan, les cheveux bruns coupés sans recherche droit sur le front, une herbe timide lui ombrant la lèvre, un physique anodin, sans rapport avec la tension qui émanait de lui. Aujourd'hui, il se confondait mieux avec le peuple de Venise, mais il avait gardé cet air de détachement et de concentration, comme si à chaque instant, il jetait un premier regard sur un modèle pour l'analyser avant de lancer un trait sur le papier.

Les croquis de Paolo passaient de main en main ; chacun rivalisait d'invention pour qualifier telle attitude, tel détail charmant, réaliste ou grivois. Les mots lancés se chevauchaient, spontanés, vifs, joyeux comme font les enfants devant un défilé au carnaval. Petit à petit, on ne vit plus des dessins magistraux mais le reflet de scènes que l'on avait vécues, de gens que l'on croisait, que l'on reconnaissait. Et quand un jeune apprenti s'écria : « San Marco ! voilà mon oncle le tapissier !» , chacun se mit à chercher les noms de ceux qui défilaient sous leurs yeux.

– Voilà-t-y pas le passeur de San Zorzi avec sa rame ?

– Et voilà le mendiant de San Sylvestro !

– Ça, c'est la Peppina qui vend du poisson campo della Formosa ! On la reconnaît à ses *tettoni* !

Deux gamins qui traînaient volontiers sans surveillance le long du port s'animèrent à leur tour devant le croquis des trois buveurs que le maître avait savamment commenté avant de la livrer aux commentaires iconoclastes :

– *Per Jove* ! c'est ce *poltrone* de Carlo Lando !

Le jeune homme sérieux qui jusque là n'avait rien exprimé, tendit soudain le cou comme si le maître l'avait appelé. Le dessin se retrouva au milieu de la table, exposé à tous les regards.

On y voyait un trio de joueurs de cartes, l'un tournant le dos, cachant à la manière d'un tricheur quelques cartes à ses compères, les deux autres vus de face, formaient deux personnages au contraste frappant : les traits rudes, la barbe hirsute et la casaque de marinier de l'un juraient avec l'allure soignée de l'autre, son visage fin, son justaucorps élégant et son bonnet de velours à plume de coq. Les deux larrons, quoique d'aspects foncièrement opposés, semblaient partager une complicité scélérate. Qui trompait qui, dans ce trio d'aigrefins ? L'image jouait sur l'ambigüité, ainsi que l'avait longuement fait remarquer le maître. Mais comme la leçon de dessin venait de dériver en récréation, les deux amis trotteurs de quais étalaient leur science :

– Ouais, c'est bien Carlo Lando, avec son bonnet en pastèque et ses plumes de giton !

– Et l'autre, c'est Giuseppe, le pêcheur qui vient tous les jours porter le poisson à l'auberge de la Pancetta !

– Et à ton avis, c'est qui, le troisième ?

– Bah, camarade, ça ne peut être que celui avec qui il est tous les vendredi à *la Sirena*, le grouillot du notaire Tabelli, qui joue au Signore et se fait plumer comme une oie qu'on va frire. Celui-là, il se fait donner de la plume de coq dans le croupion !

Maestro Bellini s'était tourné vers Scarfati et, s'entretenant avec lui, n'avait pas dû entendre le propos. Mais les gros rires que la saillie avait suscités tirèrent le maître de sa conversation et il frappa dans ses mains pour imposer le silence. Aussitôt les têtes replongèrent sur les drapés, quelques mines réjouies peinant à reprendre le sérieux de l'étude. Le jeune homme grave n'avait ni ri ni parlé, mais il fut le dernier à reprendre lentement son travail, les yeux fixés sur la scène des buveurs restée au milieu de la table, comme si lui aussi reconnaissait les personnages représentés.

– Paolo, dit Maestro Bellini tandis que Scarfati rassemblait ses feuillets, demain, tu m'ajouteras quelques têtes dans le *Festin des dieux*. J'aime ton joueur de dés et le geste de la femme qui porte la grande coupe.

Puis, tandis qu'ils s'apprêtaient tous deux à descendre, Bellini se ravisa :

– Fantìn, je viens de recevoir ton laissez-passer pour une semaine sur la terraferma. Tu pourras voir ta famille, mon garçon, mais tu iras aussi saluer Maestro Cima, non ?

– Bien sûr, Maestro, dit le jeune homme grave.

– N'y va pas les mains vides. Je vais te confier une lettre pour lui. Et toi, offre-lui une œuvre de toi.

Cela confirmera le bien que je dis de toi dans ma lettre.

– Merci, Maestro. Justement, j'ai presque achevé le portrait de la Vierge sur le petit panneau de bois que vous m'avez donné. Il sera prêt dans deux ou trois jours.

– Ce sera parfait, Fantìn. Prends ton temps, on ne fait rien de bon dans la précipitation.

28 : LES TRAVAUX DE PADOUE

Ce même jour, Aurelio redécouvrait Padoue. Le Padoue d'après la reconquête, avec ses blessures qui guérissaient lentement et ses plaies encore béantes, des pans de remparts effondrés, colmatés dans l'urgence, des maisons aveuglées, les murs de l'université dont on n'avait pas encore effacé les traces de poudre et de sang. Cependant, la basilique du Santo restait majestueuse, dans son habit de briques roses et son triforium ouvragé ; la place principale faisait penser à Venise, avec sa tour de l'horloge surmontée de son cadran d'azur, sa tribune de marbre et son marché animé. Aurelio était allé voir les fresques de Titien avant de se rendre chez le Podestat.

Pietro Lando le rejoignit trois jours plus tard. Il voulait laisser aux hommes de dossiers le temps de se rencontrer, de se présenter, d'étaler leurs écritoires et tailler leurs plumes. Le Capo du Conseil des Dix avait trop à faire à Venise et sa seule mission après tout était de s'assurer de la bonne marche des travaux avant de conclure. Il eut un entretien rapide avec Aurelio puis s'en fut surveiller ses terres et ses chantiers de Tessera avant de s'établir à Padoue et d'y goûter la vie mondaine. Quant à Paolo Grassi, en charge de la contradiction, il fut très vite invité à une fête chez des cousins où il rencontra une cousine jeune et mal mariée dont il tomba amoureux, à la suite de quoi il disparut, happé par ses délices.

De sorte qu'Aurelio, dans un bureau étroit du palazzo della Ragione qui ressemblait étrangement à celui qu'il avait à Venise, brassait les piles d'archives, minutes de procès, témoignages et rapports d'interrogatoires qu'avait générés la reprise de Padoue, trois ans plus tôt. Un vaste règlement de comptes entre pouvoirs et un muselage en règle d'une opposition latente. Andrea Gritti, gouverneur de la ville à cette époque, avait orchestré cela d'une main de fer, mais il se trouvait actuellement dans une geôle dorée du Roi de France, loin de tout cela.

En période de guerre, le temps qui passe prend une autre dimension, se traîne parfois, s'accélère soudain, au rythme de la fortune des armes. Or, la Fortune est changeante et le temps modifie le regard des hommes. Qu'est donc la vérité, sinon ce que l'on perçoit selon l'éclairage du moment ? Le recul du temps, comme l'éloignement en mer, fait monter la brume qui rend flous les contours des choses. Bertuzzi Bagarotto et Francisco Borromeo devenaient des images abstraites.

Si Aurelio avait exhumé un document à charge, un témoignage accablant prouvant leur traîtrise, probablement l'aurait-il détruit sans état d'âme. Mais tous ces témoignages-là, fidèles ou non, avaient déjà été produits lors du procès, bien sûr ; ils avaient été étalés, authentifiés, commentés. On avait dit tout le mal qu'il fallait dire d'eux pour achever la reconquête de Padoue. Il s'agissait à présent d'activer un autre regard et d'exhumer les arguments de la défense. Aurelio se rappelait une phrase de ses maîtres de *disputatio*, à l'école de la République : « Signori, à présent que nous avons démontré ceci, nous allons nous attacher à établir cela, qui est son contraire ». Un exercice d'école, pour un humaniste ayant lu Protagoras et Aristote.

Penser qu'au bout de son travail de rat, il y avait une femme qui attendait de retrouver sa fortune et son rang dans la société, et que cette femme lui en serait redevable, le stimulait. Mais il connaissait aussi le poison de savoir que cette femme le faisait agir sans lui avoir prouvé formellement qu'elle l'aimait en retour, ce qui n'était pas si sûr, en somme. Et comme il serait misérable aussi de n'espérer en obtenir que de la reconnaissance et douteux même qu'elle en eût, une fois qu'elle aurait obtenu satisfaction.

Mais il suffisait que surgisse dans son esprit l'image de cette femme tournant vers lui un visage radieux de triomphe et d'amour, pour qu'Aurelio se sentît pousser des ailes.

29 : ÉTRANGE ENQUÊTE

Aurelio ramenait à Venise un dossier bien ficelé, approuvé par le Capo Lando et même par un Paolo Grassi très contrarié, non par les conclusions du dossier, mais par le fait de devoir quitter Padoue. Sur le quai de San Marco attendait une délégation de porteurs, de valets et de gardes commandés par Mosca qui faisait s'écarter la foule sur le passage des notables et de leur suite. Mosca avait l'œil scintillant, paraissait pressé, il était évident qu'il allait sans tarder demander audience au Grand Chancelier.

– Alors, Mosca ?

– Excellence, voilà exactement la question que je me réservais de vous poser à votre retour, car il me tarde de savoir avant tout si vous avez toutes les raisons d'être satisfait.

Bien que ce ne soit pas une question, Aurelio apprécia la politesse, car il percevait chez le sbire une agitation secrète et un besoin urgent de parler, puisqu'il mettait déjà ses mains en position.

– Si fait, si fait, Mosca, fit Aurelio en prenant le temps de s'asseoir. On ne peut être plus satisfait, bien que les cuisiniers de Padoue ne valent pas ceux de Venise et que la meilleure auberge soit son propre logis. Mais vous venez aussi, j'espère, me dire comment évoluent vos enquêtes.

Mosca ne fit une pose que pour souligner ce qui allait suivre.

– Nous savons qui est le chat, Excellence.

– Le chat, répéta Aurelio étonné car trois semaines de présence quotidienne de Laura avaient encombré les allées de son cerveau.

– Oui, ce quidam agile et rapide à la course qui avait rendu fou Antonio Melazza en lui échappant.

– Le chat, oui, bien sûr, le chat. Vous le soupçonniez de suivre à la trace le Capo Lando. Mais je ne comprends pas : le Capo Lando se trouvait tout ce temps à Padoue.

– Il est parti trois jours après vous, corrigea Mosca. Vous savez que nous suivions le Capo pour le protéger et découvrir qui était le chat. Et si, dans ce genre d'exercice, on est souvent déçu, il suffit, par un beau jour, d'un coup de chance. Donc, à peine étiez-vous parti qu'on revit le chat parmi les mendiants du parvis de l'église. Un des mendiants dont j'avais fait une mouche le désigna à Melazza. Cette fois, il n'échappa plus et Melazza le suivit jusqu'au bout.

– Jusque chez lui, vous voulez dire.

– Tout juste. Il n'eut même plus à courir, mais à suivre un chemin détourné pour aboutir à San Ternità. Il a suffi, le lendemain, d'interroger le propriétaire de la maison.

Mosca s'était rapproché. Il était autant soucieux d'expliciter ses bonnes idées et ses bonnes méthodes que d'annoncer ses bonnes trouvailles. Il se penchait, étirait le menton comme un fauve qui s'apprête à charger une proie.

– Il s'appelle Fantìn Castagna. Il vient de Mestre, a été recommandé par Maestro Cima à Maestro Bellini dont il est l'élève. Maestro Bellini a prié un autre de ses élèves de lui trouver un logement et voilà comment lui aussi habite San Ternità.

– Vous n'allez pas me dire… s'écria Aurelio dont les allées du cerveau s'éclairaient soudain.

– *Sì*. Il est l'ami de Paolo Scarfati, dit tranquillement Mosca.

– Per Jove, frémit le Chancelier.

Une boucle de plus dans le nœud de vipères. La conspiration de Laura et Scarfati à laquelle il venait de prêter la main, étranglait donc Pietro Lando. Pietro Lando qui, comme lui, revenait de Padoue avec des témoignages en faveur du cas de Laura. Ce n'était pas un nœud de plus, c'était une géométrie parfaitement cohérente qui venait d'être mise au jour.

– Voulez-vous dire que ce Fantìn suit le Capo Lando dans le but de le surveiller ou de faire un mauvais coup ?

– Excellence, si tel était le cas, il n'agirait pas autrement.

– Et qu'il en a été empêché, parce que vous protégiez le Seigneur Lando ?

– Cela paraît devoir être le cas.

– Et comment s'est-il comporté, pendant que le Capo était à Padoue ?

– C'est la deuxième chose que j'avais à vous dire.

Le récit allait sans doute se prolonger car Mosca quitta sa position inconfortable et se remplit les poumons.

– Maestro Bellini avait demandé une semaine plus tôt un laissez-passer pour l'un de ses élèves du nom de Fantìn Castagna, obligé de se rendre sur la terraferma pour y visiter sa famille, sa mère étant malade. Il l'obtint, mais Castagna ne partit que quelques jours plus tard. Le temps, per Bacco, de se faire repérer par nous…

– Comme un fait exprès, tenta Aurelio, dès lors prêt à soupçonner n'importe quoi.

– Allez savoir… Nous l'avions identifié un mardi. Dès le lendemain, nous étions en droit de lui demander raison de sa conduite. Mes hommes se rendent le mercredi matin à son logement : plus de Castagna ! Il était parti par le burchiello de l'aube avec son sac de hardes et trois ducats vingt soldi en poche. Tout en règle, les douaniers et les archers du guet le laissent monter. Il revient le lundi avec son sac de hardes et dix soldi. Puis il est retourné dans son logement et a repris son travail à l'atelier de Maestro Bellini. Depuis, il vit sans histoire et sans reprendre son poste sur le parvis de l'église.

– Jusqu'au retour de Pietro Lando.

– Sans doute.

Aurelio réfléchit. Il y allait d'abord de son intérêt personnel mais aussi de l'intérêt de tous que le dossier de Padoue connût une issue rapide. Pour cela, il fallait que Pietro Lando joue sa partition jusqu'au bout : il devait peser au Conseil des Dix pour la réhabilitation de Laura, selon les conclusions des recherches qu'il venait de contresigner. Pas question de laisser faire un homme mal intentionné avant la séance qui devrait décider la réhabilitation, ni même avant l'exécution de la décision.

– Il faut continuer à protéger Ser Lando, Mosca. Je crois que personne n'a intérêt à avoir un nouveau scandale sur les bras. Maintenant que vous savez où peut être le danger, vous êtes mieux à même de l'écarter, n'est-ce pas ?

– Certes, Excellence.

Ce fut au tour d'Aurelio de changer de position dans son fauteuil. Les dernières tournures de l'affaire faisaient apparaître un nom qui ne lui était pas inconnu.

– Mais dites-moi… Castagna, c'est ce nom qui parut dans l'affaire de Marano… On s'en prit à un neveu du traître, chaudronnier à Mestre… lequel fut condamné et spolié d'une terre à Tessera, près des salines de Ser Lando.

– Je voulais vous le faire dire, Excellence. Vous m'avez même, à l'époque, demandé un rapport de police au sujet de cet homme. Mais la décision du Conseil des Dix…

– Fut de ne point en tenir compte. Hélas. Voyez-vous, Mosca, comment une injustice telle que celle-là crée des criminels. Enfin, ceci n'est qu'une supposition de plus. L'étrange enquête, n'est-ce pas, où nous avons le mobile du crime, un criminel en puissance et point de preuve.

– Ah, Seigneur Chancelier, lança Mosca en même temps qu'une main résignée, si tous les bons mobiles engendraient des crimes, il n'y aurait plus d'épouses, plus de belles-mères, plus…

– Vous avez mille fois raison, Mosca, et vous êtes un philosophe. En attendant, évitons le pire.

– Il faut arrêter ce Castagna.

– Au nom de quel crime ? Attendez donc qu'il le commette… s'il le commet.

L'entretien touchait à sa fin. Mais Mosca n'avait pas l'air de vouloir prendre congé.

– Encore une chose, Mosca ?

– Hélas oui, Excellence.

– On ne devrait jamais s'éloigner, soupira Aurelio.

– Encore une chose et non des moindres, précisa le sbire.

30 : UNE CANAILLE

– Vous souvient-il de m'avoir suggéré de sonder le domestique de la casa Lando pour connaître l'humeur de la Signora Lando avant l'accident qui lui coûta la vie ?

– Oui, en effet, dit Aurelio qui se rappela à cet instant même avoir eu cette idée.

Cela remontait à avant son séjour à Padoue, presque une éternité. Décidément, cet épisode Padoue avait agi sur lui comme un brouillard escamotant une partie du paysage. Il constata une fois de plus que ses émotions avaient malgré lui envahi sa mémoire jusqu'à changer sa notion du temps. Il se reprit bien vite. C'était après sa visite chez Fantina où Costantino avait, pour jouer, imité son écriture et introduit dans le flot de ses pensées la notion de faux. À la suite de cela, il avait soumis à l'expertise de Maestro Griffoni, le maître des écrits, le billet prétendument écrit par la Signora Lando à son neveu, lui demandant son aide contre un époux qui en voudrait à sa vie. Et Maestro Griffoni, à la manière des experts, avait conclu, sans conclure, : « Sans doute une habile contrefaçon, à moins bien sûr d'être écrit sous l'empire d'une vive émotion ». Or, si on pouvait comprendre qu'une femme, même de tempérament placide, connût dans ces circonstances une vive émotion, il était évident que l'absence de vive émotion rendait le billet suspect et coupable celui qui le présentait comme authentique. Cela méritait vérification.

– Eh bien, je vais vous fournir une réponse qui, comme vous dites parfois, pose d'autres questions.

Mosca amincissait ses gros yeux dans une sorte de sourire qui pouvait être de satisfaction, de malice, ou une sorte de regret compatissant de voir se compliquer les choses.

– La Signora ne montrait aucune marque d'inquiétude, Excellence. La femme de chambre comme le valet de table affirment que feue la Signora annonça simplement au déjeuner de la veille son intention de se rendre à la première messe pour pouvoir consacrer une journée entière à sa mère.

– Au déjeuner, devant le neveu. Ah, fort bien. Et nulle inquiétude, ponctuait Aurelio. Mosca, le billet montré par Carlo aux Inquisiteurs serait donc un faux. Et ses allégations de la pure commedia.

– De la commedia, répéta Mosca. Notez qu'il faut de l'audace et des nerfs pour arriver à la faire.

– Oh, l'audace et les nerfs, cela se rencontre encore, remarqua Aurelio en pensant à Laura.

Cependant, les deux hommes réfléchissaient à ce nouvel agencement des faits. Restait pourtant un élément inexpliqué qu'Aurelio ne manqua pas de relever :

– Mais enfin, quel but poursuivait-il en s'en prenant à sa tante ? Affaire d'argent ? Mais il n'hérite pas d'elle. Quelqu'autre secret d'argent ou de mœurs qu'il ne voulait divulguer ?

À cette question, il n'y avait pas de réponse, évidemment.

Selon toute vraisemblance, Carlo Lando, apparu comme un jeune homme lisse, qui mettait la main sur le cœur, confiant dans la clairvoyance des Inquisiteurs, affirmant ne plus vouloir porter son nom s'il devait être entaché de déshonneur, était une canaille.

31 : DES FAITS ET DES CONJECTURES

Les marais de Tessera bruissent sous un vent accouru des montagnes. L'eau des rivières, qui les nourrit, reflue lentement vers la mer et, à mesure qu'elle s'éloigne de la côte marécageuse, se mêle peu à peu à l'eau saumâtre de la lagune. Lorsque le vent accompagne le flux, l'entente de l'air et de l'eau soulève une musique, réveille l'eau languide ; si le vent forcit, il soulève des petites vagues, les font danser, et leur danse s'accélère en une course joyeuse. Alors, les roseaux secouent leur crinière, perdent des copeaux de chevelure qui s'emportent, en même temps que des feuillages, des bois flottés arrachés à la terre.

Dans l'immensité grise et sans horizon, un pêcheur attardé les vit dériver. Une forme humaine, menue, des lambeaux de vêtements grisâtres, une chevelure blonde qui flottait comme une algue sous la surface de l'eau trouble.

– Santa Madonna, murmura-t-il en même temps qu'il se signait.

Mais il dut bientôt se signer une seconde fois. Car non loin de là dérivait une forme plus lourde que les vagues venues de la terre poussaient avec plus d'effort. Cette fois, il empoigna sa rame et tira fort pour arriver au port de Mestre avant la tombée du jour.

Quand Mosca eut fini d'exposer les faits que lui avaient rapportés les sbires de Mestre, il s'abîma dans un silence songeur avant de reprendre plus en détails :

– Un enfant noyé, Excellence, et un homme. On ignore qui était l'enfant, mais l'homme fut vite identifié, car il était connu dans le village. C'est Ugo Angustia, le collecteur des impôts et, selon les dires, l'âme damnée de Ser Pietro Lando. Mes collègues de la terraferma m'ont affirmé que l'enfant avait eu les mains liées, une corde à son cou avait cédé sous le poids de la pierre. Mais Angustia avait eu le crâne défoncé à l'aide d'une lourde branche. Il avait les chausses arrachées, des marques de coups sur le corps, le sexe écrasé et un roseau planté dans le pertuis de derrière. Une exécution sauvage, un rituel, presque.

– Une vengeance, traduisit Aurelio. Une vengeance et une accusation de sodomie.

– Il faut ajouter que les sbirri de Mestre n'avaient pas l'air mortifiés. Angustia n'était pas en odeur de sainteté parmi la population. À la fois craint et méprisé, il courait sur son compte quantité de fables des plus saugrenues. Il s'en fallut de peu qu'ils louassent celui qui avait osé s'en prendre à lui. Les cadavres ont dérivé ensemble ; ils étaient dans le même état : une mort remontant à quelques jours à peine.

– Et l'enfant n'a pas été identifié ?

– Inconnu, dit Mosca. De toute manière l'enquête est aux mains des sbirri de Mestre. Et il y a fort à parier qu'ils ne se montreront pas empressés. Ils se contenteront, comme par le passé, d'accuser les bandes de pillards.

Aurelio, depuis le début du récit, construisait en frémissant une hypothèse plausible. L'enfant serait-il celui que l'on a vu s'échapper du casìn ? Dans la guerre secrète qu'avait engagée Laura, un homme puissant et sans scrupules qu'elle menaçait se défendait en lui ôtant son atout. Plus de témoin, plus de menace et Laura était perdue. Et pourquoi l'assassin de Ugo Angustia ne serait-il pas Fantìn Castagna ? Castagna qui voulait se venger de Pietro Lando, mais ne pouvant atteindre le patricien, s'en prenait à son homme de main. Castagna parti récemment pour Mestre sous un noble prétexte et revenu sagement reprendre sa place, sa mission accomplie. Fantìn Castagna, envoyé par Scarfati pour protéger les entreprises de Laura.

Certes, Aurelio se sentait l'ennemi déclaré de Scarfati, mais c'était parce que Laura était entre eux. Par contre, il comprenait Fantìn, parce que Fantìn, c'était un peu Laura, la victime de l'injustice qui relevait la tête et défendait son honneur. Et puis, l'assassin d'Angustia accusait clairement celui-ci de sodomie, voire du meurtre de l'enfant. De là à imaginer qu'Angustia agissait sous les ordres de Pietro Lando, il n'y avait qu'un pas. De sorte que la guerre que Laura avait déclarée à Lando avait causé ce double meurtre. Mais si Lando avait perdu un complice, Laura avait perdu une pièce maîtresse de son jeu.

Aurelio voyait tout ce monde s'agiter autour de lui et les faits nébuleux s'assembler en figures aussi claires que menaçantes. Il devinait aisément les mouvements d'une guerre sans merci dont il était incapable de prévenir les coups. Il en ressentait à la fois de la rage et une forme de désespoir. Il en tira la seule conclusion : il fallait à tout prix hâter la réhabilitation de Laura. Une fois Laura mise en sécurité, il pourrait s'armer du glaive de la justice et ruiner les vrais coupables

Au prochain Conseil des Dix, il proposerait le dossier Bagarotto. Il avait une manière bien à lui de glisser les choses, en faisant glisser le débat.

32 : TRIOMPHE

Ah ! Ce Conseil de Dix du 21 mai 1512 ! On avait débattu de la guerre, d'une lettre du Pape, de l'état de finances, de l'éventualité de réclamer une taxe sur les opérations de change aux mains des Juifs. Quand on en vint au dossier Bagarotto, Lando soutint mollement les conclusions qu'il avait signées. Federico Pesari rappela que la République s'était toujours montrée magnanime et avait plus d'une fois reconnu ses erreurs, dues aux hommes et aux circonstances. Et de même que Dieu châtie et pardonne, … Andrea Zeni, qu'on ne pouvait accuser de mollesse de sentiments, redressait le col en agitant sa jambe raide et plaida la miséricorde promise au pécheur. Le Doge Loredan, qui avait aimé la joute en latin avec la courtisane Laura, apporta son approbation à cette vision des choses. Alors, Lando souleva un point crucial : Rendre ses terres et ses châteaux dévastés à cette Borromeo, soit. Mais était-ce le moment de soustraire au trésor les sommes considérables qu'on lui avait confisquées trois ans plus tôt ?

Aurelio vit la question qui lui importait le plus s'enliser dans la vase, comme sombre une barque qui prend l'eau. Or, il arrivait au Chancelier, non de prendre parti dans les débats, mais de recadrer ceux-ci lorsque le propos déviait en considérations personnelles, ce qui arrivait souvent. En l'occurrence, il s'efforça de faire glisser une question générale en vertu d'une considération très personnelle. Et comme la question de l'augmentation de la taxation des Juifs avait été laissée en suspens, il proposa de résoudre les deux questions d'un même élan qui satisfaisait à la fois les prérogatives des finances et les exigences de Laura. Ceux qui voyaient approcher l'heure du repas sautèrent sur l'aubaine et l'on décida que l'on porterait de 3 à 5% la taxe sur les opérations de change et que le dimanche suivant, à l'issue du Grand Conseil, la courtisane Laura redeviendrait Donna Borromeo.

Aurelio dut faire effort pour garder la dignité grave attachée à sa robe rouge de Grand Chancelier, tout en se disant que l'histoire de Laura vaudrait un roman, d'aventure ou de chevalerie, mais que ceci n'était pas de son ressort et qu'il y aurait bien quelqu'un, par exemple quelque descendant du pétillant Costantino, pour l'écrire un jour.

Et pourtant, le dimanche suivant, il aurait aimé fixer sinon dans l'image, du moins dans les mots ce grand moment où, remontant l'immense salle du Grand Conseil au milieu des murmures d'admiration et des applaudissements, Laura se dirigeait vers l'estrade où siégeait la Seigneurie et vers lui, qui l'attendait au pied des marches. Elle marchait sans timidité et sans orgueil, avec sa beauté éclatante et son regard de miel sombre, vêtue d'une simple robe de velours bleu, du bleu des madones de Bellini, avec, accroché au revers d'une écharpe de gaze, le L d'or et de rubis qu'il lui avait offert lors de leur première rencontre.

C'était son moment de triomphe. La foule des badauds, avertie par les *avvisi*, attendait au dehors, parmi les amis et admirateurs qu'elle s'était faits. À l'issue de la séance, Aurelio était parti de son côté, avec les vieillards de la Signoria. Il la laissait à sa fête ; comme jadis, il s'effaçait mais attendait son heure.

– Belle cérémonie, commentait Mosca.

À Venise, on aimait les belles cérémonies, beaux enterrements avec profusion de cierges, beaux mariages avec profusion de fleurs et de belles dames, beaux défilés du Doge avec ors et trompettes. Mosca espérait voir son maître plus enthousiaste.

– Mais nous n'en avons pas fini, Mosca : l'affaire des enfants n'est pas éclaircie. Ni celle de Donna Lando. Il nous faudra la reprendre, car je crains d'être incessamment interrogé par les Inquisiteurs à ce sujet.

Aurelio ôtait lentement sa toge de cérémonie tout en paraissant réfléchir. On semblait en avoir fini surtout de cette question obsédante de la réhabilitation. À présent, son esprit glissait lentement vers l'étape suivante.

– Quoique peut-être ils me reprocheront de mettre trop de moyens pour une enquête qui ne les intéresse plus. Vous savez comment vont les choses, les émotions s'apaisent avec le temps. Arrêtez donc la surveillance du chat, de Lando et même celle du casìn. Les rediseuses devraient vous suffire.

Mosca s'était figé, le sourcil haut.

– Quoi, Mosca ? Nous sommes tous entre les mains de Dieu, n'est-ce pas ?

– C'est vrai, Excellence, mais Dieu prend parfois des formes bien étranges.

– Bah. Il a bien pris un jour celle d'un homme.

33 : UNE PERLE

Dire que Dieu avait pris la forme d'un billet glissé dans la Bocca della Verità pourrait paraître abusif. Ce visage effrayant à la bouche d'ogre avalant les dénonciations anonymes était un instrument largement employé à l'époque pour aider la police des mœurs et des finances. Il fut décrié plus tard en raison de la malice humaine qui en fit un instrument de discorde, mais si la Bocca della Verità ne disait pas toujours la vérité, il lui arrivait de contenir des perles. L'une d'elles apparut à quelques jours de là. Sur un papier de bonne qualité, une écriture soignée affirmait que le pêcheur surpris un matin à déverser de la graisse de poisson sur l'escalier de la casa Lando s'appelait Giuseppe et apportait tous les jours sa pêche à l'auberge de la Pancetta. Giuseppe della Pancetta se retrouvait souvent aussi dans la taverne de la Sirena, jouant aux cartes avec un commis du notaire Tabelli, formant ainsi une maigre cour au splendide Carlo Lando. L'auteur de la lettre terminait superbement : « pour ce renseignement, je ne veux point me faire connaître et ne souhaite point de ducats ; je veux seulement que règne la justice ».

– Étrange personnage, commenta Aurelio. Nul doute que ce soit le même qui écrivit le premier billet non signé, celui qui racontait avoir vu quelqu'un répandre de l'huile.

– C'est une certitude, Excellence. Il ne s'en cache pas : même papier, même écriture, même appel à la justice.

– Cela ressemble fort au portrait que l'on peut se faire de ce Fantìn Castagna ; une main de peintre, une soif de justice. Ne vous disais-je pas, Mosca, que les grandes injustices produisent de grandes révoltes pouvant aller jusqu'au crime ?

– Je vous ai dit aussi que Dieu pouvait prendre des formes étranges. Par exemple celle d'un jeune peintre. Il nous aide, en vérité.

– Oui. Ou bien c'est le diable qui veut nous égarer, dit Aurelio, dont la méthode comprenait le doute. Ainsi, selon ce justicier en herbe, nos soupçons devraient se porter sur Carlo Lando.

– Cela semblerait.

– En somme, qui Carlo Lando voulait-il occire ? Sa tante ou son oncle ? Pour hériter, il devait s'en prendre aux deux. Vaste entreprise.

– On en a vu qui se mariaient dans le but de devenir veuve au bout d'un an. Plus un an de deuil… Et pourtant, la vie n'est pas si longue.

Et Mosca laissa planer un bref silence de réflexion philosophique avant de poursuivre :

– Oh, pour en savoir plus, rien de plus simple, Excellence : offrez-moi un bon dîner à la Pancetta.

34 : COMPLICES

Giuseppe della Pancetta ne fut pas difficile à cuisiner. En d'autres circonstances, il aurait pu faire un brave homme. Ce sont souvent les rencontres qui déterminent le chemin que prend un homme. Le malheur de Giuseppe fut de tomber sur Carlo Lando. Par souci de plaire au beau jeune seigneur, par désir de mériter son amitié autant que de profiter de ses largesses, par une sorte de fascination, une manière d'honnêteté autant que d'intérêt, il s'était mis sous la coupe d'un vaurien dont il servait toutes les intrigues et les entreprises les plus pendables. Et il le faisait avec la bonne conscience de venir en aide à un patricien en échange d'être protégé par lui.

Cette protection lui fut beaucoup moins sensible lorsque, conduit devant le chef de la police, il dut répondre à une série de questions, et qu'un secrétaire, la plume en suspens, guettait ses réponses. Mais ce qui le tracassait surtout, c'était qu'il lui suffisait de dévier un peu le regard vers le fond de la pièce pour apercevoir la fameuse corde.

– Que me voulez-vous, Signor Sbirro ? Je n'ai fait qu'obéir à mon maître, geignait-il.

– Quel maître ?

– Don Carlo Lando !

Giuseppe de la Pancetta vit avec surprise et quelque inquiétude que ce nom ne faisait pas sur le sbire la même impression qu'il avait faite sur lui. Son inquiétude monta d'un cran lorsque Mosca, le pouce pointé par-dessus l'épaule, désigna la corde.

– Tu sais ce qu'il en coûte à celui qui ose mentir, dit Mosca sur un ton de menace.

Giuseppe, dont la pancetta tremblait un peu, avoua sans plus se faire prier qu'il avait agi sur ordre de Don Carlo ; que Don Carlo lui avait recommandé de bien enduire les dalles de graisse de poisson, pour faire une bonne farce à un ami ; que Don Carlo lui avait donné cinq soldi pour ce travail. Sans penser plus loin, il s'était exécuté avec empressement. Mais le lendemain, effrayé des conséquences imprévues de son travail, il avait l'intention d'aller s'en ouvrir aux Quaranties. La ferme intention, la ferme intention. Or avant toute démarche de ce genre, un bon client se doit d'en parler à son maître, ce qu'il avait fait. Alors, Don Carlo l'avait persuadé de se taire, ajoutant qu'il prenait en main toute l'affaire.

– C'est ce qu'on dit toujours, quand on est pris, gronda Mosca méprisant. Et vous êtes combien de complices ?

– Dans cette affaire, il n'y a que moi, Signore.

– Heureusement que tu as dit « dans cette affaire », parce que je sais qu'il y a pas que toi.

– Non, Signore. Antonio Malincontro est aussi un ami de Don Carlo. Nous jouons aux cartes à trois tous les vendredis à l'auberge de la Sirena. Antonio est le commis de…

– Je sais, interrompit Mosca, décidément écœuré. Tu n'es qu'un âne, Peppe. Va brouter un peu la paille des pozzi pour apprendre à réfléchir.

Sur un signe de Mosca, deux gardes s'emparèrent de Giuseppe de la Pancetta et le poussèrent sans ménagement vers les entrailles du palais.

Le grouillot du notaire fut plus dur à cuire. Travaillant à l'ombre des livres, il se sentait une supériorité d'homme de plume et mettait la sienne à la disposition d'un homme riche qui, de temps en temps tirait profit de son amitié pour capter quelque secret d'officine. Il se faisait rémunérer en conséquence. En dehors de cela, il faisait le troisième homme au primo, jeu de cartes et de mensonge organisé où, en s'y prenant bien, il était possible de prévoir qui gagnerait, qui perdrait. Carlo Lando en avait fait un moyen de récompenser tantôt l'un, tantôt l'autre, voire de les punir, selon son humeur et ses bonnes fortunes de la semaine.

Antonio Malincontro était petit, le crâne légèrement pelé sous un bonnet sans âge, une voix grinçante. Il ne se montra impressionné ni par la tête du chef de la police, ni par la présence du secrétaire, ni par celle de la corde, ce qui irrita Mosca. De plus, il prenait, pour répondre à ses questions, l'air hautain qu'il copiait sûrement de son maître.

– Quel genre de service rends-tu à Carlo Lando ?

– Je fais le troisième au primo.

– Tu te moques de moi ?

– Pourquoi me moquerais-je ?

Sans s'émouvoir, Mosca se tourna vers le sbire qui attendait dans un coin.

– Tonio, prépare la corde.

Mosca demeura sourd aux protestations de Malincontro. En un tournemain, celui-ci se vit les poignets ligotés dans le dos et poussa un hurlement de douleur au premier choc. Mosca ne lui donna pas le temps de reprendre haleine.

– Alors ?

– Des renseignements... sur... sur des actes..., des testaments...

– Et récemment ?

Comme il ne répondait pas tout de suite, Mosca fit un deuxième signe au bourreau. Le grincement de la poulie fut couvert par un cri épouvantable. L'homme retomba lourdement sur le sol, ses jambes ployant sous lui. Ce fut à genoux qu'il s'écria :

– Un écrit de la Signora Lando !

– Pour en imiter l'écriture, conclut Aurelio. Eh ! Maestro Tabelli, le beau commis que voilà ! Il y a là de quoi changer le thème de vos litanies.

Mosca n'était pas sûr de comprendre cette boutade du Grand Chancelier mais il passa outre. Tous deux étaient satisfaits : l'enquête venait de faire un grand pas. Ils avaient un coupable désigné par les aveux de ses complices, les analyses d'un expert en écriture, et les témoignages du domestique.

Aurelio se prépara donc à produire son rapport auprès des Inquisiteurs. En bonne logique, il faudrait à présent arrêter Carlo Lando. Il prévoyait le profond malaise que susciterait chez les Babau le rang de l'accusé et ses liens avec le Capo du Conseil des Dix. Mais enfin, comme dans l'affaire Castagna qui l'avait opposé jadis à Dedo, secrétaire aux Quaranties criminelles, il se sentait en paix avec sa conscience, sa tâche d'information étant accomplie.

Dès le lendemain matin, s'étant fait précéder d'un vas-y dire, Aurelio était attendu chez les trois hommes en rouge. Comme il faisait beau et qu'il avait le cœur léger, il choisit de traverser la cour pour se rendre dans l'autre aile du bâtiment. Il marchait d'un pas allègre, se sentait joyeux, déchargé soudain de cette vilaine affaire au cours de laquelle il avait vu Laura en danger. Laura. Laura était libre, il avait travaillé à sa liberté, il se sentait heureux de l'aimer, de la rencontrer peut-être dans le monde ; peut-être même viendrait-elle le voir ; pour quelle raison ne viendrait-elle pas ? Elle viendrait : c'était une question de jours. Cette seule pensée le fit inspirer à pleins poumons l'air pur où dansaient des paillettes de soleil.

Il se préparait à monter l'escalier extérieur quand un groupe d'hommes fit irruption dans la cour du palais. Des rumeurs, des cris s'échappaient de gosiers en alarme. Au milieu de la troupe qui semblait désemparée, quatre hommes portaient une forme humaine.

– Que se passe-t-il ?

Aurelio s'approcha, n'écouta pas les réponses qui se chevauchaient, confuses. L'homme que l'on transportait était vêtu d'un costume élégant de velours noir maculé de larges traces visqueuses, le corps était mou, la tête pendait selon un angle improbable que seul un corps sans vie pouvait exhiber. Malgré le crâne en sang, Aurelio reconnut Pietro Lando, Capo du Conseil des Dix.

35 : CARLO

Un jour blafard traversant la lucarne haute éclairait la poulie attachée à une poutre et la corde qui descendait à la verticale dans la pénombre de la salle. Avec ses murs gris et sa clarté incertaine venue d'en haut, on se serait cru dans le fond d'un puits. Sur la longue table de bois sombre, les halos orangés de deux chandelles tiraient de l'ombre les visages pâles des trois vieillards habillés de rouge, le crucifix d'argent et le volume des Évangiles. À un bout de la table, était assis Nicolò Aurelio flanqué d'un secrétaire avec ses feuillets, son encrier et ses plumes. Le Capo des Quaranties criminelles occupait l'autre bout. Dans l'ombre, luisaient les yeux de mouche de Mosca et les hallebardes de deux gardes.

Carlo Lando se tenait debout entre la table et la corde. Deux jours et deux nuits passés en prison avaient rabattu sa superbe. Il avait le menton noir de barbe, les traits tirés et le vêtement défraîchi. Mais il s'efforçait de faire la meilleure figure possible.

– Dites-nous ce qui vous a conduit ici, prononça Alvise Badoer en enfouissant ses mains dans ses manches.

– Seigneur Badoer, je ne sais. Une regrettable erreur, sans doute.

– N'essaye pas de jouer au plus fin avec nous, Carlo Lando, lança Pietro Memo insinuant. On ne se retrouve jamais ici par hasard.

Lando fit mine de réfléchir. Il ne servait à rien de jouer les innocents. Les Inquisiteurs étaient généralement bien renseignés.

– Si c'est de la mort de mon oncle que vous voulez parler, je vous affirme que je voudrais comme vous en savoir davantage.

– Cela fait beaucoup de morts, dans ta famille, depuis quelque temps. Et, si je ne m'abuse, te voilà un riche héritier.

– Signori, je ne savais pas qu'hériter méritât la prison et la question, répliqua le jeune homme avec un peu de hauteur.

Alvise Badoer secouait ses grandes manches. Il avait toujours eu l'onctuosité de l'homme du monde. Ses longues mains parlaient aussi élégamment que lui. Or, il les agitait négativement.

– Sachez, jeune homme, que nous ne nous dérangeons jamais pour rien. Et ce ne fut pas pour rien non plus, j'imagine, que vous avez souhaité nous parler après la mort de votre tante par alliance. Rappelez-nous donc les raisons qui vous amenèrent.

Carlo fit celui qui ne comprenait pas le but de cette demande et répéta son mensonge comme s'il n'avait qu'à résumer les grandes lignes d'un fait connu. Le Chancelier, levant la main, démentit aussitôt après, citant les conclusions de l'expert en écriture et les témoignages du domestique. On vit pâlir l'accusé.

Ce fut Antonio Vendramin qui porta la première estocade. À la force de l'âge, Vendramin avait dû être un colosse. Il était devenu un grand vieillard droit, aux yeux de braise surmontés de sourcils dont la broussaille de neige remontait vers les tempes ; son visage creusé s'allongeait d'une respectable barbe blanche. Sa haute figure occupait le centre de l'aréopage.

– Tu as essayé d'abuser la justice par un faux, tonna-t-il. Et tu essayes vainement de nous abuser encore . Sache que ton complice t'a trahi, Carlo Lando. Antonio Malincontro croupit actuellement dans les pozzi. Malincontro, qui a appris l'écriture, a avoué qu'il a passé toute une nuit avec toi pour forger ce faux.

Dans une république qui tirait toute sa richesse du commerce, lequel traîne à sa suite crédits, assurances, changes et contrats de toutes sortes, le faux en écritures était un crime en soi et le délit le plus répandu. Les Quaranties criminelles s'occupaient plus de fraudes que de meurtres.

Carlo se sentit croché par une chaîne fatale. Il baissa le front. Il comprit de quoi il allait bientôt être accusé. Le mieux n'était-il pas de prendre les devants ?

– Je ne l'ai pas assassinée, murmura-t-il. C'était un accident. Comment vouliez-vous que je prévoie qu'elle sorte à cette heure-là et qu'elle ferait une chute mortelle ?

– Tu mens. Tu connaissais son intention de partir de bonne heure. Tu t'es précipité chez Giuseppe, un autre complice qui, lui aussi, pourrit dans nos geôles. Quand tu as su que tu avais réussi à accomplir ton forfait, tu as exigé de ce misérable qu'il se taise.

– C'était une plaisanterie pour me venger du valet de l'huis qui, l'autre soir, m'a contraint à passer la nuit dehors.

– Tu mens, gronda encore l'impressionnant vieillard. Tu mens et tu es un imbécile, Lando. Tu vas commencer par payer pour t'être moqué de nous. Qu'on l'attache !

Les deux sergents se précipitèrent, Carlo se débattit en vain contre les poignes de fer qui lui lièrent les poignets dans le dos pour les attacher à la corde. La poulie se mit à grincer, Carlo à grimacer.

– Reconnais que tu as voulu égarer les Juges au moyen d'un faux document et de fausses allégations..

Le bourreau tirait progressivement. C'était la méthode lente que préféraient les Inquisiteurs lorsqu'il fallait obtenir plusieurs aveux avant de briser le patient. On voyait sur le visage de Carlo monter la douleur. Il se mit d'abord sur la pointe des pieds, résista de toutes ses forces à la traction, tenta de s'appuyer sur les muscles de ses bras, mais l'effort qu'il faisait lui bloquait la respiration et bientôt il lâcha prise et l'on entendit craquer ses jointures. Il manquait d'air dans sa poitrine et n'émit qu'un bref gémissement mais les traits de son visage s'étaient défaits et il se mettait à transpirer.

– Reconnais que c'est toi qui as écrit ce billet.

La corde lui accordait un répit et il reprenait haleine.

– Elle aurait pu l'écrire… Si vous saviez combien elle était malheureuse…souffla-t-il entre deux halètements.

– N'essaye pas de nous amollir par de la compassion. C'est donc toi qui as écrit ce billet.

– Elle était malheureuse. Elle a fui au petit matin.

– Que Dieu vous assiste, Carlo Lando, dit l'Inquisiteur Badoer en joignant ses longues mains. Vous obtiendrez miséricorde si vous déchargez votre conscience.

Il parlait d'une voix de confesseur prêt à donner son absolution.

– C'est donc par compassion que tu as provoqué la mort de l'épouse de ton oncle, suggéra le sinueux Memo.

Comme Carlo ne répondait pas, une nouvelle traction de corde lui arracha cette fois un cri aigu.

– Pitié!

Sur un signe de Memo, on laissa Carlo Lando retomber brutalement. Ses genoux plièrent. Il était lamentable à voir, dans sa posture de pénitent.

– J'ai eu pitié d'elle, prononça-t-il d'une voix cassée.

– Mensonges et billevesées, s'écria Marco Vendramin. Cet homme bafoue le bon sens et la noblesse de nos institutions.

– Par cet assassinat-réussi- et cette fausse lettre, voulais-tu donc faire accuser ton oncle, le Seigneur Pietro Lando, afin de capter l'héritage ? proposa Memo.

– Je ne comprends pas le sens de votre question. Je reconnais le faux. Le reste n'est qu'un accident. Je n'ai rien à voir avec la mort de mon oncle.

Un temps passa encore en questions, réponses biaisées, affirmations subséquentes, questions, langage alternativement imprégné de douceur et de brutalité. Carlo Lando se débattait contre les « qui » et les « pourquoi ». La souffrance amollissait visiblement sa résistance et il s'embrouillait. Le sergent, agissant comme une basse continue dans un concert, maintenait doucement la traction, de manière à ne pas faire oublier la douleur et de rappeler la possibilité que, à n'importe quel moment, elle pouvait reprendre en mode majeur et devenir soliste.

– Tu reconnais donc avoir voulu et réussi à tuer l'épouse de ton oncle. Avoue, et tu seras tranquille, susurra Marco Memo.

– J'avoue. Oui, j'avoue, finit-il par prononcer d'une voix rauque.

C'était fini, la corde se détendit, le jeune homme, ramassé sur lui-même reprenait son souffle, immensément soulagé. Plus de questions, plus de voix taraudant sa conscience, rien que la brûlure, mais devenue moins insupportable. Il espérait s'évanouir, disparaître, enfin. Il ressentit même une paix infinie. Il en avait besoin, dans l'immédiat. Demain était loin. C'est dans cette sorte de béatitude silencieuse que, perçant l'épaisseur de sa demi-conscience, retentit la voix tonnante de Vendramin.

– Mais pour hériter, encore fallait-il assassiner ton oncle.

Carlo eut un sursaut :

– Par la Sainte Vierge, je n'ai pas fait cela !

– C'est bien probable que tu ne l'aies pas fait toi-même. Qui est ton complice ?

– Sur mon âme, je n'y suis pour rien !

– Réfléchis, Carlo Lando, reprit Memo. Tu as produit un faux pour faire accuser ton oncle. Tu pensais que nous allions croire à ta fable et que nous ferions disparaître discrètement Ser Pietro. Mais comme cela ne s'est pas passé ainsi, tu as perdu patience. Avoue donc.

Le supplicié, dans sa hâte de retrouver les plages de son répit, se contenta de secouer la tête.

– De toute façon, Lando, vous voilà coupable et prêt à subir le châtiment d'un coupable. Que vous importe de l'être une seconde fois ? murmurait Badoer avec un geste d'évidence.

Alors, Marco Vendramin impassible fit un signe au sergent.

– Qu'on en finisse.

La poulie émit un long sifflement. La corde se tendit à nouveau, le corps qu'elle emportait, semblable aux sacs extraits de la cale des galères, s'éleva de quelques pouces dans un cri épouvantable, prolongé, insoutenable. Il se débattit un peu, se mouilla, s'immobilisa dans un decrescendo sanglotant, qui changea à peine de registre lorsqu'il s'écroula au sol dégageant un odeur aigre de sueur et d'urine.

– Alors, c'est bien vous qui avez assassiné votre oncle, fit la voix onctueuse d'Antonio Badoer, dont les mains reprirent leur place au fond de ses manches.

La poulie se remettait déjà à grincer. Le sergent n'eut pas à tirer bien fort pour que retentisse un nouveau hurlement, de terreur, cette fois. Un glapissement au milieu duquel jaillit, prolongé par l'épouvante, le seul mot que l'on attendait ici depuis le début :

– Oui !

36 : VERDICT

– Ah, Excellence, voilà une affaire rudement bien menée et bien jugée, dit Mosca.

– Peut-être, dit Aurelio d'un air absent.

Une affaire classée est toujours un soulagement, c'est bien connu. Mais Aurelio ne paraissait pas partager l'enthousiasme du sbire. Celui-ci tentait cependant, avec douceur et sincérité, de lui communiquer sa joie.

– Certes, si obtenir des aveux par la question peut être un plaisir pour certains, ce n'est pas le cas pour un humaniste délicat tel que vous. Notre monde est cruel et les assassins méditant leurs crimes et les organisant avec tant de minutie méritent-ils le titre d'humains ?

– Mosca, la société a raison de se protéger. Mais philosophez moins et laissez à Dieu la seule justice qui puisse être, dit Aurelio.

Le Chancelier avait surtout besoin de silence après tous ces cris de bête qu'on égorge. Mosca, lui, avait besoin de parler. À chacun son mode de réaction. Aurelio ne voulait pas froisser celui qui l'avait si bien servi et, ne voulant pas l'envoyer au diable dans l'immédiat, le supporta encore un moment.

– C'était quand même un bon jugement, Excellence. Et nuancé, selon le rang et les capacités de chacun : le patricien, coupable principal, aura la tête tranchée entre les deux colonnes du port ; l'homme du peuple falsifiant les lettres sera pendu ; le pauvre pêcheur sans cervelle sera exilé. C'était un bon jugement.

– Sans doute, Mosca. Mais si Carlo Lando est justement puni pour un crime prouvé, il en a avoué un autre sous la torture. Pour celui-là, je garde un doute.

Aurelio avait suffisamment sondé cette affaire pour comprendre des détails qui n'étaient pas apparus pendant l'audience. Ainsi, il n'avait pas été question des enfants assassinés ni de la présence du Capo Lando autour de casìn d'Anna Cortina d'où Laura et Scarfati avaient extrait un enfant durant la nuit. Et que faire de cette allusion que Laura avait glissée concernant cette question des enfants ? L'accusation du jeune Lando n'avait pas nécessité, Dieu merci, de mettre au jour cette autre affaire si embarrassante pour lui. Enfin, comment comprendre l'assassinat d'Ugo Angustia ? Si celui-ci n'était qu'un homme du peuple dépendant de la juridiction de la terraferma, il était inquiétant de se rappeler qu'Angustia était précisément le commis de Lando. Aurelio était persuadé qu'il existait encore des choses à découvrir, qui n'étaient pas sans rapport avec l'affaire qui venait d'être jugée. Et d'autre part, les dénégations de Carlo, pour l'assassinat de son oncle, avaient sonné moins faux que pour son crime prouvé.

– Autrement dit, je ne crois pas que nous puissions moralement nous croire complètement déchargés, Mosca.

Il avait, cette fois, utilisé naturellement le « nous », sans doute par honnêteté profonde, ce qu'il corrigea aussitôt :

– Il reste encore des zones d'ombre qui vous échappent, ne croyez-vous pas, Mosca ?

– Vous voulez parler du chat.

– Précisément.

– Eh bien dit Mosca triomphant, je m'en vais vous débarrasser de lui, Excellence. Je veux dire… que je viens de recevoir une demande de laissez-passer pour son retour définitif sur la terraferma : il retourne travailler avec Maestro Cima !

– Ah, excellent. Eh bien, préparez donc ce laissez-passer et envoyez-moi le tout. Je veux dire le document non signé et le personnage. Allez, Mosca, vous n'en avez pas fini.

37 : FANTÌN

Fantìn n'avait jamais connu de Venise que ses ruelles sombres et ses canaux verdâtres. En réalité, quoiqu'ayant le tête pleine de couleurs et de personnages célestes, il n'avait jamais eu d'yeux pour contempler la beauté de la cité maritime. Même ce matin, marchant entre deux sbires venus l'arrêter, il comptait les dalles disjointes, ne levant le nez que sous la Porta della carta, où il frémit sous le regard implacable du lion de pierre. Il s'apprêtait à ce qu'on le conduise dans des endroits obscurs et sinistres, ces *pozzi* dont parlait parfois Paolo. Au lieu de cela, on le fit grimper un escalier de marbre comme s'il était le Doge en personne. Quand, au bout d'un parcours tortueux, il fut poussé dans un bureau étroit où siégeait derrière une grande table un personnage vêtu de rouge, Fantìn se sentit perdu. Il avait suffisamment entendu parler des personnages en rouge qui fustigent de questions embarrassantes et promettent le corde. Où était la corde ? Les murs étaient étroits, austères mais tapissés de boiseries, la table ne supportait ni crucifix, ni volume des Évangiles. Le personnage en rouge était imposant, le toisait de ses yeux gris mais il était seul et avançait la main pour l'inviter à s'asseoir.

L'examen se prolongeait. Le regard clair était difficile à soutenir et Fantìn baissa instinctivement les yeux. Il avait eu le temps d'apercevoir que celui qui l'observait ainsi analysait ses traits comme pour lui prendre son âme. C'était une méthode de Scarfati, lorsqu'il faisait un portrait : scruter avant le premier coup de pinceau. Fantìn en profita pour inspecter le plateau de la table. Il y avait là ce qui semblait être un laissez-passer, mais sans le sceau de la République. Il se persuada qu' il ne sortirait pas de Venise.

– Ainsi, c'est toi, Fantìn Castagna, finit par dire l'homme en rouge.

– C'est moi, votre Grandeur.

– Je suis le Grand Chancelier ; tu peux m'appeler Excellence, ou simplement Signore.

– Pardonnez-moi, Excellence.

Cette fois, l'analyse fut plus courte.

– Comment va ta mère ? dit tout à coup le Chancelier.

Fantìn se sentit pris de court et instantanément se méfia, mit un temps à répondre.

– Je sais que tu es allé la voir, en mars. Elle avait mal passé l'hiver. Maestro Bellini t'a fourni un laissez-passer.

– C'est vrai, Excellence. Elle s'est rétablie depuis.

– Ah. Bien.

Fantìn se dit qu'il ne devait pas s'étonner, après ce qu'il avait fait, de se trouver sous le regard des sbires et particulièrement de cet homme, qui semblait savoir de lui bien des choses.

– Parle-moi de ta famille.

– Ma mère et mon jeune frère vivent chez mon oncle à Mestre.

– Et ton père ?

Le jeune homme n'avait pas pu s'empêcher de tressaillir. Le Chancelier avait dû s'en apercevoir.

– Il est mort, Excellence.

C'était agaçant, ces silences avant chaque question, comme s'il analysait chacune de ses réponses qui pourtant n'hésitaient pas. Mais cette fois, ce qui vint, n'était plus une question.

– Ah, oui, bien sûr. Ton père était Vincenzo Castagna. J'avais commandé une enquête sur lui. Pour le mettre hors de cause. Ça n'a pas servi à grand-chose, malheureusement.

Bien sûr, se dit Fantìn, un homme en rouge ne peut désavouer ouvertement les autres hommes en rouge. Celui-ci exprimait avec insouciance son regret d'avoir travaillé pour rien. Il se mettait d'ailleurs à triturer distraitement son sceau de métal surmonté d'un pommeau d'or.

– Dis-moi…

Se méfier de la douceur, se dit Fantìn. Elle cache toujours quelque chausse-trappe.

– Pour quelle raison as-tu écrit ces deux lettres anonymes ?

– Je vous l'ai dit, ou plutôt écrit : pour que triomphe la justice, répondit Fantìn sans hésiter.

Car il était à présent au-delà de se demander comment on avait su qu'il était l'auteur de ces lettres. De toute façon, en les écrivant, il s'attendait à être découvert un jour. Mais dans la République de Venise, il n'y avait rien de condamnable à jeter une lettre anonyme dans la Bocca della Verità ; elle était faite pour ça.

– Vaste ambition, jeune homme, lança le Chancelier avec un sourire moqueur. Je te souhaite de n'avoir pas à déchanter trop souvent. Quels sont tes projets ?

– Je souhaite retourner à Mestre soutenir ma mère qui se fait vieille et veiller sur mon jeune frère. J'ai fait quelques économies et je retrouverai du travail chez Maestro Cima.

– C'est bien. En somme, pourquoi les as-tu quittés et qu'es-tu venu faire à Venise ?

Le Chancelier avait cessé de triturer le sceau de métal et dardait sur le jeune homme l'étau mordant de son regard clair. Fantìn se sentit percé à jour. Non, son souci de justice n'était pas pour lui une chose risible ; son honnêteté non plus. Oui, il voulait retourner dans sa famille, mais pas au prix d'un mensonge. Ou alors, s'il avait fauté, il était prêt à en subir le châtiment. Ce fut cela qu'il avait l'intention de répondre en y mettant toute la fougue de son âge, toute la passion secrète accumulée en lui, toute la révolte qu'il muselait depuis la pendaison de son père. Il fallait que le Chancelier comprenne qu'il ruminait sa colère depuis qu'il avait vu sa mère quitter en vacillant la maison paternelle, laisser derrière soi tout ce qui avait fait sa vie, ses travaux, ses espoirs. Le Chancelier le tira de son monologue intérieur en répétant froidement :

– Qu'es-tu venu faire à Venise ?

– Connaître celui qui nous avait frappés !

– Pietro Lando, celui qui a racheté à vil prix la terre de ton père.

– Pietro Lando, cracha Fantìn. Je l'ai…

– Rassure-toi, son neveu l'a tué. Un vaurien assassinant une canaille, on peut appeler cela de la justice naturelle.

Le Chancelier ignora la surprise du jeune homme à qui il venait de couper l'émotion, la parole et interrompre la pensée. Il enchaîna :

– Et dans tes recherches, qui nous ont permis de découvrir ce criminel, as-tu vu l'enfant s'évader du casìn de la calle della donzella ?

– Je l'ai vu. Mais j'ai vu pire, Excellence, s'échauffait à nouveau le jeune homme. En allant voir ma mère…

– Puisque Lando n'était plus à Venise… coupa Aurelio.

– Je suis retourné dans les marais de Tessera pour y retrouver l'âme de mon père. J'étais à l'affût des canards…

– Mais peut-être aussi de quelqu'un car tu es plus efficace que mes sbires.

– J'ai vu une barque dans un endroit désert. Dedans, il y avait un homme et un enfant. Sur mon âme, j'ai cru un instant que l'enfant était mon jeune frère car l'homme…

– Était Ugo Angustia, tenta Aurelio.

– Comment savez-vous ? fit Fantìn sans réfléchir. Le rospo s'affairait avec une corde. Quand sa barque est revenue dans la roselière, il n'y avait plus d'enfant. Alors, moi qui avais deviné, je…

– Ces roselières sont des fourrés dangereux, Fantìn Castagna, interrompit Aurelio avec autorité. Les espagnols y cachent des espions qui sont des soldats prêts à tous les coups pour échapper à notre surveillance. On y fait de mauvaises rencontres et je te conseille de ne plus jamais y retourner.

La sévérité de l'avertissement coupa net le récit que Fantìn s'apprêtait à faire. Le jeune homme demeurait interdit, légèrement contrarié, mais pour peu de temps car le Chancelier, changeant de ton, prit soudain un air très satisfait :

– Vois-tu, on dit que Dieu utilise parfois nos ennemis pour nous faire du bien et des mains innocentes pour confondre les coupables. Enfin. Les voies de Dieu sont impénétrables, n'est-ce pas ? Voilà la République débarrassée de trois scélérats et elle t'en est redevable, après tout, puisque tes lettres de dénonciation nous ont mis sur la voie.

Le Chancelier chercha quelque chose parmi les objets qui encombraient sa table. Il saisit une petite boîte à encre et en approcha son sceau, tout en continuant à parler :

– Oublie tout cela, Fantìn. Mais cesse à l'avenir de t'imaginer que la justice triomphe toujours. À cultiver de telles illusions, il arrive qu'on perde sa vie. Va plutôt veiller sur ton jeune frère. Dis-lui que la vengeance est une mauvaise chose. Elle obscurcit la vue, étouffe le cœur, et, même si elle soulage un temps, elle ne fait que perpétuer le mal. Dis-lui aussi que la justice doit rester publique, même si elle est mauvaise.

Fantìn suivait les gestes d'Aurelio. Celui-ci venait d'appliquer le sceau sur le laissez-passer.

– Et puis dis-toi bien que les choses ne sont jamais aussi simples qu'on le croit à ton âge.

Le Chancelier souleva le document, mais ne le lui tendait pas encore. Il le toisait à nouveau et Fantìn, cette fois, soutint le regard clair où il trouva une bienveillance grave qui lui fit monter des larmes. Sans doute le jeune homme avait-il écouté les paroles d'Aurelio, mais sur l'instant, ce qui l'étourdissait surtout, c'était l'impression d'une soudaine libération et la perspective enivrante de pouvoir mener une vie normale. La gorge nouée, il ne put prononcer la moindre parole, tandis qu'Aurelio lui tendait son laissez-passer en prononçant :

– Bonne chance *et Dio cum tì*.

Mosca, qui attendait au dehors, vit avec intérêt passer le jeune homme un peu confus, tenant dans sa main son précieux document.

– Un laissez-passer signé du Grand Chancelier ! Avec ça, notre chat peut aller sans encombre jusqu'en Perse, Excellence !

– Un chat aime sa maison, Mosca. Il n'ira pas plus loin que Mestre ou tout au plus Conegliano. Mais grâce à lui, vous ne repêcherez plus d'enfants dans la lagune.

38 : LAURA.

Il avait laissée ouverte la porte de la chancellerie. Il put ainsi la voir approcher, comme ce fameux dimanche, pas très éloigné, où, au nom de la République, il lui avait rendu tous ses biens, ses titres et son inscription au livre d'or. Elle approchait, belle, élégante, auréolée de lumière et les scribes de la grande salle en laissaient leur plume en suspens. Aurelio se précipita. Le secrétaire referma doucement la porte derrière elle.

– Signora, laissez-moi me réjouir encore… J'osais à peine espérer votre visite.

– De grâce, Nicolò, il n'y a pas si longtemps, vous m'appeliez Laura.

Il se pencha sur sa main, la conduisit vers l'unique siège.

– Il y a de cela quatre mois à peine, dit-il. Une éternité. Vous affirmiez alors ne pas être digne de moi ; aujourd'hui, c'est moi qui ne suis plus digne de vous.

– Oh, Nicolò, ne dites pas cela, répliqua vivement Laura.

Mais Aurelio, s'était assis à sa place habituelle, dans une posture qui lui était familière, les coudes appuyés sur la table, les mains jointes sous le menton. Il affichait un sourire imperceptible qui lui dessinait des pattes au coin des yeux, et faisait celui qui n'a pas entendu. Il poursuivit, aimable :

– Il me reste à vous féliciter et à me réjouir avec vous de l'heureuse issue de ce qui me paraît aujourd'hui encore comme une entreprise où vous avez pris un risque énorme, en mettant en balance les vices secrets et la réputation de notables. Vous avez triomphé grâce à votre pugnacité, votre force d'âme et tous les talents qui sont les vôtres.

– Nicolò, j'étais venue vous demander une chose difficile à accepter mais j'ai trouvé en vous un allié de poids. Je viens vous dire toute ma gratitude.

– N'exagérez pas mon mérite. La machine que vous avez construite ne devait pas dévier. J'ai simplement mis de l'huile dans des rouages qui auraient pu grincer et ralentir sa marche, mais étaient parfaitement réglés. Certains diraient… diaboliquement.

Son sourire s'était accentué, mais aiguisé, aussi : un sourire de joueur d'échecs qui apprécie un beau coup.

– Belle machine en vérité, poursuivit-il. Vous avez mis dans votre nasse les hommes qu'il fallait ; vous leur avez tenu, avec pas mal de pénétration et d'audace, le langage auquel ils sont sensibles. *Audaces Fortuna juvat.* Vous avez des amis qui vous aiment, Laura, et vous le méritez. J'espère seulement qu'eux aussi vous méritent.

Ce disant, il avait encore aminci son regard et elle levait sur lui ses yeux de miel sombre. Ils disaient qu'elle comprenait parfaitement le sens de ses paroles mais n'était pas prête à s'en émouvoir.

– Je suis venue vous dire combien je vous suis redevable de la bonne issue de mon entreprise. Et j'ajoute que ce n'est pas seulement à ce titre que vous comptez parmi ces amis.

– Si ce n'est pas à ce titre seulement, cela me suffit pour l'heure, répliqua le Chancelier avec une pointe d'ironie.

Mais il devint soudain très grave. Joignant un instant les mains devant sa bouche, il semblait ordonner ses pensées et les habiller des mots justes.

– Laura, dit-il enfin, si les rapports entre vous et moi se voient changés aux yeux du monde, sachez que j'ai toujours autant de bonheur à vous appeler Laura ; que j'espérais, sans l'attendre, le cadeau renouvelé de votre amitié ; que ce cadeau fait de moi un homme heureux ; que mes sentiments pour vous, que je vous avouais ici même il y a quatre mois, n'ont pas changé. Vous êtes libre d'y répondre comme il vous plaira. Mais ce que vous venez me dire me comble. Pour l'instant.

– Je vous entends, Nicolò. Mais je vous demande d'être patient. Trop de choses ont changé soudainement dans ma vie. Il faut que je les aborde une à une et que mon esprit s'apaise.

– N'hésitez pas à me demander conseil. Quant à mon aide, elle vous est toute acquise ; pour tout ce qui est en mon pouvoir, évidemment.

Leurs échanges glissèrent naturellement vers les choses matérielles : lettre de change, achat d'une maison, recrutement d'un domestique... Quitter les rivages des sentiments profonds rendait les choses plus faciles. Mais il était impossible de se quitter sur des considérations prosaïques.

Au moment de prendre congé, elle dit doucement :

– Merci, Nicolò. Vous continuez à m'être précieux. J'ai de la chance de vous avoir trouvé sur mon chemin. Soyez-y toujours.

Il se précipita pour lui présenter le bras, mais ne put s'empêcher de lui serrer délicatement la taille. Le geste à la fois tendre et respectueux s'était imposé avec naturel. Elle s'était laissée couler sans résistance, soutenant le regard gris qui se rapprochait, rempli de chaleur. Puis elle ferma les yeux avec une sorte de retenue. Elle se laissa effleurer les lèvres et inspira profondément lorsqu'il lui murmura, tout près de l'oreille :

– Ma porte, mes bras vous sont ouverts. Merci de venir parfois vous y reposer.

FIN

NOTE DES AUTEURS

La trame de ce roman s'appuie sur des situations, faits et personnages historiques, repris avec leur influence, leur spécificité, leur fonction, leur caractère.

Ainsi, l'importance et la fonction des Inquisiteurs appelés les *Babau* par esprit de dérision, était bien réelle, ainsi que la fonction de la « Bouche de la Vérité », que l'on peut encore voir de nos jours.

Le commerce imposait une connaissance approfondie des écritures de divers types.

Le Conseil des Dix détestait le trouble et le scandale. Il éliminait volontiers dans la discrétion ses ennemis politiques et trublions de toute sorte. Ses moyens de pression étaient la délation, la corde et les cachots, dont se sert tout régime autoritaire.

Venise, ville cosmopolite et de tourisme, était célèbre pour ses courtisanes, dont certaines jouissaient d'un statut particulier et servaient de « rediseuses », l'équivalent actuel des indicatrices, pour un service de police suffisamment organisé pour répondre aux exigences des Dix.

Les péripéties de la guerre de Cambrai se trouvent dans tous les livres d'histoire.

Enfin, les personnages du Grand Chancelier Nicolò Aurelio, de Laura, la fille du professeur de Padoue, sont historiques. On sait qu'ils s'épousèrent et que leur mariage fut célébré dans un tableau célèbre de Titien. Il n'en fallait pas plus pour un romancier féru d'Histoire.

Et d'ailleurs, il n'est d'historien que le romancier.

DES MÊMES AUTEURS

La série "ENQUÊTES VÉNITIENNES" :
Venise est la ville du commerce et des arts. En cette période des guerres d'Italie, elle défend farouchement son indépendance et son ordre intérieur malgré le foisonnement d'espions et d'agents des puissances étrangères.

LE CONCERT INTERROMPU*:
Dans ce premier volume d'une série, Nicolò Aurelio, Grand Chancelier de la République de Venise et amateur d'art, se voit confronté à une énigme que la raison d'état lui commande de résoudre avec discrétion. Il rencontre des artistes, des nobles, un notaire, un banquier, des membres du clergé, des valets, la courtisane Laura, beauté fascinante et dangereuse.
Aidé de son adjoint Mosca, réussira-t-il à expliquer la mort étrange d'un haut responsable de l'arsenal ?

LE SOUPER DE LA SAN MATTIO**
Dans ce deuxième volume, Nicolò Aurelio est confronté à la double disparition d'un notable de la République et des documents secrets dont celui-ci avait la charge. Homme des secrets d'État, c'est à lui que le Conseil des Dix confie l'enquête. Or, tout part d'un souper privé où sont réunis un capitaine du commerce d'Orient, des amateurs et marchands d'art étrangers et des courtisanes, dont la fascinante et dangereuse Laura.

Aidé par son adjoint Mosca, Nicolò Aurelio réussira-t-il à trouver un voleur et un assassin ?

La série "LE RENARD DE VENISE" :
Les aventures de Pietro Aurelio, jeune vénitien de 1530.
UN HIVER À CHYPRE*:
Ce premier voyage, à bord d'une galère marchande, relate l'aventure du jeune Vénitien, tant sur mer, où l'on peut faire de mauvaises rencontres, que sur terre, à Chypre, où, mêlé à la vie de la colonie, il en découvre les délices et les embûches.

La saga historique "CINQUECENTO":
Un cycle de romans historiques, en six volumes, dans la Venise de 1500. Des personnages captivants, un récit inspiré de l'Histoire. Amour, Passions, Aventures et Arts en pleine Renaissance et Guerres d'Italie. 3000 pages pour rêver !
Des ouvrages disponibles en «livres papier» et en «livres numériques/e-books» :
 (www.cinquecento.be).

LES AUTEURS

Pierre LEGRAND est ingénieur chimiste, docteur ès sciences physiques. Il a fait carrière à Bruxelles, au siège européen d'une multinationale américaine. Directeur marketing et technique, il a aussi représenté l'industrie chimique auprès de la Commission Européenne. Passionné d'histoire et de littérature, il est doté d'un goût pour l'analyse et l'investigation scientifique, historique et bibliographique, et possède un grand talent d'imagination.

Il assure le scénario.

Claudine CAMBIER, après un cycle d'études classiques, est licenciée en lettres romanes et agrégée de l'enseignement. Elle a été professeur de lettres et d'histoire dans l'enseignement belge. Passionnée d'art, d'histoire et de littérature, avec un goût certain pour la création au sens large, ses talents artistiques trouvent à s'exprimer aussi en sculpture et en tout domaine où peuvent se retrouver l'invention et la recherche du beau.

Elle assure l'écriture.

©Legrand-Cambier, Bruxelles, Janvier 2017

ISBN : 978-2-930804-46-0

Imprimé à la demande par CreateSpace
Février 2017

Printed by CreateSpace
Available from Amazon.com and other online
stores

E-Mail : contact@cinquecento.be

Site Littéraire : www.cinquecento.be

Sculptures : www.claudine-cambier-sculptures.be